শূন্য
এ
চোখে

অমল কৃষ্ণ বিশ্বাস

notionpress
.com

INDIA • SINGAPORE • MALAYSIA

ISBN
Paperback 979-8-90431-669-3
Hardcase 979-8-90479-596-2

এই গল্প তোমাকে উৎসর্গ করে

কারণ তুমি জানো

কিছু গল্প থেকেই যায়

শূন্য হয়ে... এ চোখে

সময়ের নেপথ্যে

মানুষ বোধহয় কখনও স্বপ্নেও ভাবেনি, হাতের তালুতে ধরা একটা ছোট্ট যন্ত্র একদিন তার চিন্তা, অভ্যাস, অপেক্ষা, ভালোবাসা, ভয়, এমনকি একাকীত্বেরও অংশ হয়ে উঠবে। এক সময় যেটা ছিল শুধু যোগাযোগের মাধ্যম, সেটাই ধীরে ধীরে হয়ে উঠবে মানুষের দ্বিতীয় সত্তা। এখন আর মানুষ শুধু ফোন ব্যবহার করে না - মানুষ ফোনের ভিতরেই বাস করে।

ইন্টারনেট পৃথিবীকে অনেক ছোট করেছে, অদৃশ্য করেছে বহু সীমারেখা। এক প্রান্তের মানুষ অন্য প্রান্তের জ্ঞান স্পর্শ করতে পারছে কয়েক সেকেন্ডে। কিন্তু জ্ঞানের এই অবাধ স্রোতের ভিতরেই জন্ম নিয়েছে আর-এক অদ্ভুত সম্ভাবনা - মানুষের মস্তিষ্ককে বোঝার, নকল করার, এমনকি প্রভাবিত করার সম্ভাবনা। নিউরাল নেটওয়ার্ক, আর্টিফিশিয়াল ইন্টেলিজেন্স, ব্রেন-কম্পিউটার ইন্টারফেস, এইসব শব্দ আজ আর কল্পবিজ্ঞান এ সীমাবদ্ধ না। এগুলো ভবিষ্যতের দরজায় দাঁড়িয়ে থাকা কঠিন বাস্তব।

এই উপন্যাস সেই দরজার ওপারের এক ছায়াজগতের গল্প।

আমি খুব সহজ করে একটা ভয়কে তুলে ধরতে চেষ্টা করেছি। এমন এক ভয়, যা বাইরের না, ভেতরের। এমন এক বিপদ, যার মুখ নেই, অস্ত্র নেই, তবু যা মানুষের মনের ভেতর ঢুকে যেতে পারে নিঃশব্দে। এই গল্পে প্রযুক্তি আছে, গবেষণা

আছে, আন্তর্জাতিক ষড়যন্ত্র আছে, আছে স্মৃতি নিয়ন্ত্রণ, হারিয়ে যাওয়া কিছু মানুষ, আর আছে মানুষের ভিতরের সেই প্রাচীন লোভ - সবকিছুর উপরে কর্তৃত্ব ফলানোর লোভ।

গল্পের সব চরিত্র, সংস্থা, প্রযুক্তি, ভাইরাস, পরিকল্পনা - একান্তই কাল্পনিক। কিন্তু প্রশ্নগুলো কাল্পনিক নয়। মানুষের চিন্তা কি একদিন তার নিজের থাকবে না? স্মৃতি কি সত্যি পাল্টে দেওয়া যাবে? সিদ্ধান্ত কি আর নিজের হাতে থাকবে না? আর যদি এমন এক সময় আসে, যখন মানুষ নিজেই বুঝতে পারবে না যে তার মাথার ভিতরে জন্ম নেওয়া চিন্তাটা আসলে তার নিজের নয় - তখন?

অনেক সংস্থা এবং পণ্যের নাম উদাহরণস্বরূপ একই রাখা হল, প্রযুক্তিতে যাদের অবদান অপরিসীম এবং গল্পের যথার্থতা বজায়ে রাখতে সাহায্য করেছে।

এই গল্পে জন্ম নেয় এক শব্দ - Z3RO (জিরো)।

জিরো শুধু একটি ভাইরাস নয়।

এটি একটি ধারণা।

একটি প্রবেশদ্বার।

আর হয়তো মানুষের তৈরি সবচেয়ে ভয়ানক ভুলের আরেক নাম।

জিরো, অর্থাৎ শূন্য থেকেই তাহলে শুরু করা যাক।

১। শূন্য থেকেই শুরু

২৪ জুন ২০৩০, নিউইয়র্ক, টাইমস স্কোয়ার - ৪২ স্ট্রিট মেট্রো স্টেশন, সকাল ৮টা ৩ মিনিট

নিউইয়র্ক শহরটা সকালবেলা পুরোপুরি জাগে না - আসলে শহরটা কোনোদিনই সেইভাবে ঘুমোয় না। রাত আর সকাল এখানে কেবল আলোর পার্থক্য, মানুষের গতির নয়। টাইমস স্কোয়ার - ৪২ স্ট্রিট স্টেশন সেই অবিরাম জেগে থাকা শহরের ভূগর্ভস্থ হৃৎপিণ্ডর মতো। প্রতিদিন লক্ষ লক্ষ মানুষের চলাচল এখানে। সিঁড়ি, এস্কেলেটর, টানেল, লাইন বদলের অন্তহীন গোলকধাঁধা, কোথাও পুরোনো দেওয়ালের গায়ে জমে থাকা ধুলো, আবার কোথাও বা চকচকে ডিজিটাল সাইন বোর্ড, আর সবকিছুর মাঝখানে আধুনিক নজরদারি, স্মার্ট টিকিটিং সিস্টেম, স্বয়ংক্রিয় দরজা, বায়োমেট্রিক গেট - স্টেশনটা যেন একই সঙ্গে অতীত, বর্তমান, আর ভবিষ্যতের এক অসম্ভব জটিল মানচিত্র।

সকাল মানেই ব্যাস্ততা, অফিস টাইম।

মানুষের হুড়োহুড়ি, হাতে বড় কফির কাপ, কানে ইয়ারবাড, চোখে ফোনের আলো। কেউ মেসেজ পড়ছে, কেউ ভিডিও কলে, কেউ বা ট্রেনের সময় দেখতে দেখতে দৌড়ে নেমে যাচ্ছে সিঁড়ি বেয়ে, কেউ স্মার্টওয়াচ গ্যালিতে ঠেকিয়ে নিজের ভাড়াটা মিটিয়ে নিচ্ছে। এত মানুষ, অথচ কেউ কারোর দিকে সত্যি করে

সেইভাবে তাকায় না। এই শহরে একা হয়ে যাওয়ার সবচেয়ে সহজ জায়গা এই ভিড়ের মাঝখানেই।

জেমস ম্যাকঅ্যালিস্টার আজ একটু বেশিই সেজেগুজে বেরিয়েছে।

হালকা নীল রঙের কোটটা অ্যাঞ্জেলা কিনে দিয়েছিল গত শনিবার। বলেছিল,

"বাবার সামনে অন্তত ভদ্র মানুষটার মতো যেও"

হেসেছিল অ্যাঞ্জেলা, কিন্তু সেই হাসির ভিতর একটু চাপা সতর্কবার্তাও ছিল।

আজ বিকেলে এই প্রথমবার অ্যাঞ্জেলার বাবার সঙ্গে দেখা।

ভেটেরান মানুষ। কঠিন। নিয়মানুবর্তী। সময় তার কাছে শুধু ঘড়ির কাঁটা নয় - চরিত্র মাপার যন্ত্র। ঘড়ির কাঁটা ধরে ব্রাশ করা থেকে বইয়ের পাতা কখন কটা পড়া উচিত, সবই তার হিসেবে বাঁধা। অ্যাঞ্জেলাকে সত্যিই ভালোবাসলে, আজ সেই মানুষটার সামনে জেমস-এর নিজেকে প্রমাণ করতেই হবে।

ভিড় ঠেলে প্ল্যাটফর্ম থ্রি-র দিকে নামতে নামতে জেমসের মনে হচ্ছিল, বিকেলের কথোপকথনটা আরেকবার মাথার মধ্যে ঠিকভাবে গুছিয়ে নেওয়া উচিত। সে কী বলবে? নিজের কাজের কথা? নিজের পরিবারের কথা? নিজের ভবিষ্যতের পরিকল্পনা? বিয়ের প্রসঙ্গ কি উঠবে? উঠলে কীভাবে উত্তর দেবে? তার মনের ভিতর একসঙ্গে কাজ করছিল উত্তেজনা, অস্বস্তি, আর একটু ভয়। একজন মেয়ের বাবার সামনে দাঁড়ানো অনেক

পুরুষের কাছেই ছোটখাটো যুদ্ধের মতো, আর জেমসও তার ব্যতিক্রম নয়। হাজার ভাবার পরে মনে হচ্ছিল, হয়েতো বা এই কথা বা প্রসঙ্গটা উঠবেই না, তাহলে?

ঠিক তখনই জেমসের স্মার্টওয়াচে এক ঝলক লাল আলো জ্বলে উঠল।

প্রথমে সে ভেবেছিল, কোনো নোটিফিকেশন।

হয়তো অ্যাঞ্জেলার মেসেজ।

হয়তো অফিসের রিমাইন্ডার।

হয়তো ক্যালেন্ডারের অ্যালার্ট।

ভিড়ের মধ্যে দাঁড়িয়েই সে কব্জির দিকে তাকাল।

আর তাকাতেই তার মুখের ভাব পাল্টে গেল।

সামান্য না। ধীরে না।

যেন ভিতর থেকে কেউ তার চেহারার উপর আরেকটা মুখ এঁকে দিল।

চোখের মণির উপর লালচে এক ঝিলিক এসে বসল। ঠোঁটের কোণে ফুটে উঠল এক অদ্ভুত, অচেনা, প্রায় প্রশান্তির হাসি। এমন এক হাসি, যা জেমসের চেনা মুখের সঙ্গে একেবারেই মেলে না। ভয়ের হাসি নয়, উন্মাদনার হাসি নয় - বরং এমন এক নিশ্চিন্ততার হাসি, যেন দীর্ঘদিন পরে সে হঠাৎ নিজের ঠিক ঠিক জায়গা খুঁজে পেয়েছে।

জেমস হাঁটতে শুরু করল।

দৌড়ে নয়।

আতঙ্কে নয়।

খুব ধীরে। খুব নিশ্চিন্তভাবে।

যেন কেউ তাকে কোথাও ডাকছে, আর সে সেই ডাকে সাড়া দিয়ে এগিয়ে যাচ্ছে।

চারপাশের কেউ প্রথমে খেয়ালই করল না।

যে মেয়েটা তার পাশ দিয়ে যাচ্ছিল, সে নিজের কফির ঢাকনাটা সামলাতেই ব্যস্ত। এক বৃদ্ধ লোক মোবাইলে চেঁচিয়ে কারও সঙ্গে ঘোর তর্ক করছে। দুটো কিশোর হাসতে হাসতে দৌড়ে নেমে গেল সিঁড়ি দিয়ে। স্টেশনের গায়ে ট্রেন ঢোকার আগের যে দমকা হাওয়া টানেল থেকে উঠে আসে, সেটা এগিয়ে আসছিল গুহার ভিতর থেকে যান্ত্রিক গর্জনের সাথে।

জেমস প্ল্যাটফর্মের একেবারে কিনারায় এসে দাঁড়াল।

এক সেকেন্ড।

দুই সেকেন্ড।

তারপর সে যেন কারও অদৃশ্য ইশারায় আরেক পা সামনে বাড়িয়ে দিলো।

ঠিক সেই মুহূর্তে ট্রেনটা ঢুকছিল। প্রচণ্ড গতিতে। ধাতব গর্জন, ব্রেকের আর্তনাদ, হাওয়ার ধাক্কা, আলো, বিকট শব্দ - সব মিলে যেন এক লোহার দানব সামনে এসে পড়ল। কেউ একজন চিৎকার করে উঠল। কেউ দৌড় দিলো সামনের দিকে।

কেউ বা হাত বাড়িয়ে দিতে চাইলো। কিন্তু ততক্ষণে তো দেরি হয়ে গেছে।

হাল্কা নীল কোট পরা দেহটা হুড়মুড় করে নেমে গেল লাইনে।

তারপর – ধাক্কার আওয়াজ।

চিৎকার।

গোলমাল।

হুড়োহুড়ি।

মানুষের আতঙ্কিত ছুটোছুটি।

আর সেই ভয়ংকর শব্দের ঠিক আগমুহূর্তে, খুব স্পষ্ট করে, লাইনের তলা থেকে, জেমসের গলা থেকে, ভেসে এল একটিমাত্র শব্দ –

"জিরো..."

২৪ জুন ২০৩০, লন্ডন, কিংস ক্রস আন্ডারগ্রাউন্ড স্টেশন, দুপুর ১টা ৩ মিনিট

লন্ডনের কিংস ক্রস এরকম আরেকটি স্টেশন, যেখানে ইতিহাস আর প্রযুক্তি পাশাপাশি দাঁড়িয়ে থাকে। পুরোনো ইটের আর্চ, লোহার গঠন, গভীর টানেলের ঐতিহ্য, আর তারই মাঝখানে কাঁচের মতো পরিষ্কার ইলেকট্রনিক বিলবোর্ড, বুদ্ধিমান সেন্সর, স্বয়ংক্রিয় এলার্ট সিস্টেম। ব্রিটেনের গর্ব বলা হয় ২০৩০ এর এই এ-আই-চালিত নজরদারি ব্যবস্থাকে। মানুষের মুখের পেশি, চলাফেরার ছন্দ, হঠাৎ থেমে যাওয়া, চোখের ভঙ্গি, হাতের কাঁপুনি - লন্ডন কিংস ক্রসের এ-আই সফটওয়্যার সিস্টেম সব বিশ্লেষণ করতে পারে। কে আতঙ্কিত, কে আক্রমণাত্মক, কে চুরি করতে পারে, কে ভেঙে পড়ার আগে শেষ সীমানায় দাঁড়িয়ে আছে - এখানকার এ-আই নাকি অনেক সময় মানুষের চোখের আগেই ধরে ফেলে।

আলফ্রেড হিউজেস সেই ব্যবস্থার এক মানব-পাশ।

পঁচিশটা স্ক্রিনের সামনে বসে থাকা পঁচিশজন এনালিস্টের একজন।

তার কাজ - মেশিন যা ধরতে পারবে না, মানুষের চোখে সেটা ধরা, সিস্টেমের সংকেত দেখে গুরুত্বটা বুঝে নেওয়া।

দিনের পর দিন এইসব কাজ করতে করতে মানুষের নিজের চোখ একসময় যান্ত্রিক হয়ে যায়। মানুষের মুখ আর মুখ থাকে না, হয়ে যায় ডেটা। আতঙ্কটা হয়ে যায় প্যাটার্ন। সন্দেহ হয়ে যায় রঙিন সব সিগন্যাল। আলফ্রেড মাঝে মাঝে ভাবে, সে

আসলে মানুষকে দেখছে না, মানুষের প্রতিরূপ দেখছে। কিন্তু রোজকার কাজের মধ্যে এমন ভাবনার অবকাশ বিশেষ থাকে না।

আজও দিনটা একঘেয়ে ভাবে যাচ্ছিল।

একটু-আধটু পকেটমারি, এক অতিরিক্ত মাতাল যাত্রী, দুই কিশোরের সামান্য ধস্তাধস্তি - এই সব। বেশিরভাগ সময়ই স্ক্রিনের দিকে তাকিয়ে থাকতে থাকতে মানুষের ভিতরকার সতর্কতা ভোঁতা হয়ে যায়। আলফ্রেডের আজ তাই হচ্ছিল। সিস্টেম ঠিক আগেই বলে দিচ্ছিল যা হতে চলেছে।

লাইন ফাইভের ক্যামেরায় হঠাৎ একটা লোককে দেখে আলফ্রেডের চোখ আটকে গেল।

ধূসর কোট। অগোছালো চুল। ক্লান্ত চেহারা। দেখে মনে হয় অনেকদিন ঠিকমতো ঘুমোয়নি। হয়তো বা গৃহহীন, হয়তো মানসিকভাবে বিপর্যস্ত, হয়তো নিছকই অসুস্থ। লোকটা প্ল্যাটফর্মের এক কোণে গিয়ে হঠাৎ নিজের মাথাটা চেপে ধরল। যেন মাথার ভিতরে অসহ্য ব্যথা। কিছু একটা নিজেই নিজের মনে বিড়বিড় করছে। ঠোঁট কাঁপছে, চোখদুটো অস্বস্তিতে টান টান।

আলফ্রেড প্রথমে ভেবেছিল, হার্ট অ্যাটাক। পরে মনে হল, প্যানিক অ্যাটাকও হতে পারে।

সে সঙ্গে সঙ্গে ফোন করল প্ল্যাটফর্ম অ্যাসিস্ট্যান্টকে। দু-একজন স্বাস্থ্যকর্মী এগিয়ে গেল লোকটার দিকে। লোকটাকে

বসানো হল, জল দেওয়া হল। ওয়াকিটকিতে কিছু কথাবার্তা চলল। কয়েক মিনিট পরে আলফ্রেডের ফোনে খবর এল -

"লোকটা বলছে, তার মাথার ভিতর কেউ কথা বলছে। বারবার ডাকছে। লাইনের সামনে চলে যেতে বলছে।"

আলফ্রেড কপাল কুঁচকাল।

সফটওয়্যার কোনো রকম সূচনা আগে দেয়নি। ভেঙ্গে পরার আগের স্টেজ, মানসিক যন্ত্রণা, হার্ট অ্যাটাক, প্যানিক অ্যাটাক কিছুই না। মানুষটার শরীরী ভাষা তেমন অস্বাভাবিকও ছিল না।

তবু এই কথা কেন?

আর ঠিক তখনই আরেকটা ক্যামেরা ফিডে তার চোখ চলে গেল।

একটা ছেলে।

বয়স কুড়ির কম।

জিনস, টি-শার্ট।

সাধারণ চেহারা।

কিন্তু তার দাঁড়িয়ে থাকার ভঙ্গিতে এমন একটা কিছু ছিল, যা সঙ্গে সঙ্গে ভিতরে অস্বস্তি তৈরি করে।

ছেলেটা সোজা ক্যামেরার দিকে তাকিয়ে দাঁড়িয়ে আছে।

যেন সে জানে, এই ফিডে কেউ তার দিকেই লক্ষ্য করে আছে।

যেন সে নিজেই চাইছে, যে তাকে দেখা হোক।

আলফ্রেড জুম ইন করল।

ছেলেটার চোখদুটো লাল।

রক্তচক্ষু না। ঘুমহীনতা না।

যেন ভিতর থেকে কোনো আলো এসে বসেছে চোখের মধ্যে।

ছেলেটার ঠোঁট হাল্কা নড়ছে। খুব দ্রুত না। খুব আস্তে আস্তে। যেন আলফ্রেডের উদ্দেশ্যই কিছু বলছে।

পরের ট্রেন ঢুকতে আর কয়েক সেকেন্ড বাকি।

আলফ্রেড মাইকের দিকে হাত বাড়াল।

"স্টেপ ব্যাক ফ্রম ... -"

তার বাক্য শেষ হল না।

স্ক্রিন এক ঝলকে সাদা হয়ে গেল।

কয়েক মুহূর্তের জন্যে শুধু ঝাপসা আলো।

তারপর আবার ছবি ফিরতেই সে দেখল, প্ল্যাটফর্মের সামনে হুড়োহুড়ি, মানুষ দৌড়চ্ছে, কেউ একজন পড়ে গেছে লাইনে। কেউ মুখ চেপে ধরেছে, কেউ ভিডিও করছে, কেউ পিছিয়ে যাচ্ছে, কেউ সামনে ছুটে আসছে - সেই পুরো দৃশ্যের মাঝখানে একটা ঠাণ্ডা বিশৃঙ্খলা, যা সব বড় দুর্ঘটনার পর নেমে আসে।

ঘরের ভিতর স্পিকার বেজে উঠল -

"লাইন ফাইভ সার্ভিস ডিলে। পারসন অন দ্য ট্র্যাক।"

আলফ্রেডের শরীর ঠান্ডা হয়ে গেল।

সাদা স্ক্রিনটা কেন হল?

ঠিক কী বলছিল ছেলেটা?

কেন তার মনে হচ্ছে, এই ঘটনাটা আর পাঁচটা আত্মহত্যা বা দুর্ঘটনার মতো নয়?

সে সঙ্গে সঙ্গে শেষ পাঁচ মিনিটের ফুটেজ কেটে পাঠাল ঊর্ধ্বতনদের। ঠোঁটের নড়াচড়া বিশ্লেষণ করার সফটওয়্যার আছে তাদের। ওরা ঠিক বের করতে পারবে।

দশ মিনিট পরে ফিরে এল রিপোর্ট।

ছেলেটা বলছিল -

"জিরো হ্যাস স্টার্টেড."

আলফ্রেড কয়েক সেকেন্ড স্ক্রিনের দিকে তাকিয়ে রইল। প্রথমবার তার মনে হল - এই শহরের সবচেয়ে উন্নত সিস্টেমও এমন কিছুর সামনে দাঁড়িয়ে গেছে, যাকে তার মতন এনালিস্টরাও আর চিনে উঠতে পারছে না।

২৪ জুন ২০৩০, টোকিও, শিনজুকু মেট্রো জংশন, রাত ৯টা ৩ মিনিট

সোমবার রাত।

টোকিওর ক্লান্ত, আলোকিত, যান্ত্রিক সৌন্দর্যের মধ্যে মানুষজন তখনও চলাফেরা করছে আশ্চর্য শৃঙ্খলায়। এই শহরের প্রতিটি পদক্ষেপ আগে থেকেই হিসেব করা। চিরকাল উন্নত এই শহর আর তার মানুষেরা। প্ল্যাটফর্মের সামনে সারি, ইলেকট্রনিক ঘোষণা, মানুষের নীরব ব্যস্ততা - সবকিছুর ভিতরেই একটা পরিমিত, নিয়ন্ত্রিত ছন্দ।

তোমাকো ইশিদা আজ একটু দেরি করে ফেলেছে। কাছের ইউনিয়ন চার্চে পার্ট-টাইম পড়ায় সে। ফেরার পথে কিছু বাজারও করেছে। স্টেশনে এসে কানের ইয়ারবাড খুলতেই সে টের পেল, ব্লুটুথ বিচ্ছিন্ন হয়ে গেছে। ফোনে নেট নেই। স্ক্রিনও কেমন অদ্ভুত আচরণ করছে। পাশের এক তরুণ বিরক্ত মুখে নিজের স্মার্ট গ্লাস খুলে তাকিয়ে আছে, যেন বিশ্বাসই করতে পারছে না, তার ডিভাইস ২০৩০ সালে এসে এমন অদ্ভুত আচরণ করতে পারে।

তোমাকো চারপাশে চোখ বুলিয়ে দেখল, অনেকের মুখেই একই বিভ্রান্তি। কেউ ফোন ঝাঁকাচ্ছে, কেউ স্ক্রিনে টোকা দিচ্ছে, কেউ মাথা তুলে সিগন্যাল খুঁজছে। যেন এক অদৃশ্য তরঙ্গ মুহূর্তের মধ্যে চারপাশের সব স্মার্ট ডিভাইসকে নিস্তব্ধ করে দিয়েছে। প্রযুক্তির উপর এত অভ্যস্ত মানুষদের মুখে হঠাৎ একটু অসহায়তা ফুটে উঠেছিল।

আর তখনই সে দেখল মেয়েটাকে।

ছোটখাটো গড়ন।

বয়স একুশ-বাইশের বেশি না।

সাদা টপ, ডোরাকাটা ছোট স্কার্ট, গোলাপি রঙ করা চুল।

টোকিওতে এমন পোশাক অস্বাভাবিক নয়, তবু মেয়েটার হাঁটার মধ্যে কিছু একটা অসামঞ্জস্য ছিল। সে যেন নিজের শরীরের উপর সম্পূর্ণ নিয়ন্ত্রণে নেই। পুতুলের মতো সুন্দর, কিন্তু সেই সৌন্দর্যের উপর পড়ে আছে অদ্ভুত এক শীতল ছায়া।

মেয়েটা সোজা তোমাকোর দিকে এগিয়ে এল।

একেবারে সামনে এসে দাঁড়াল।

তোমাকো এবার স্পষ্ট দেখতে পেল - মেয়েটার চোখ লাল।

কৃত্রিম লেন্সের লাল না।

অসুস্থ চোখের লাল না।

এ এক অন্য রকম লালাভ আভা।

যেন চোখের ভিতরে কোথাও খুব ক্ষীণ আগুন জ্বলছে।

মেয়েটা খুব আস্তে মুখ নামিয়ে তোমাকোর কানের কাছে ফিসফিস করে বলল -

"জিরো গা হাইত্তা।"

কথাটা বলেই সে হাসল।

একটা ছোট্ট, দুঃখহীন, অসংলগ্ন হাসি।

মুখে আবেগ নেই, ভয় নেই, সংশয় নেই - যেন সে এমন কিছু বলে গেল, যার অর্থ সে নিজেও পুরোপুরি বোঝে না, তবু উচ্চারণ করা তার কর্তব্য ছিল।

তারপর ঘুরে দাঁড়িয়ে কয়েক পা হেঁটে গেল।

আর খুব স্বাভাবিকভাবে নেমে গেল ট্রেনের লাইনে।

তোমাকো প্রথমে বুঝে উঠতে পারেনি কী হচ্ছে।

মস্তিষ্ক কিছু কিছু দৃশ্য কয়েক সেকেন্ড দেরিতে গ্রহণ করে - এটা সে পরে বুঝেছিল। একেই বোধহয় কিংকর্তব্যবিমূঢ় বলে। কিন্তু সেই মুহূর্তে তার মনে হয়েছিল, হয়তো মেয়েটা ভুল করে পা হড়কে পড়েছে। হয়তো হাতের কিছু পড়ে গেছে, তুলে নিয়ে এখনই উঠে আসবে।

তারপর যখন ট্রেনের আলো টানেলের অন্ধকার ভেদ করে বেরোল, তখন সে আকস্মাৎ চিৎকার করল।

কিন্তু ততক্ষণে যা হবার হয়ে গেছে।

ব্রেকের ঘর্ষণে এমন শব্দ হল, যেন লোহার ভিতর থেকে কেউ আর্তনাদ করছে। প্ল্যাটফর্মে হুড়োহুড়ি পড়ে গেল। কয়েক সেকেন্ডের মধ্যে পুলিশ, স্টেশন কর্মী, মেডিক্যাল টিম - সবাই হাজির। জাপানি শৃঙ্খলা আতঙ্কের মাঝেও ঠিক কাজ করছিল, কিন্তু যা হয়ে গেছে, তা তো আর ফেরে না।

তোমাকোকে আলাদা করে নিয়ে যাওয়া হল স্টেশনমাস্টারের ঘরে।

শুরু হল কঠিন জেরা। প্রশ্ন। আবার প্রশ্ন।

মেয়েটাকে সে কীভাবে চিনত?

আগে কখনও দেখেছে?

মেয়েটা ঠিক কী বলেছিল?

কেমন গলায় বলেছিল?

মেয়েটার চোখের রং কেমন ছিল?

সে কি নেশাগ্রস্ত মনে হচ্ছিল?

ফোন বন্ধ হওয়ার ব্যাপারটা ঠিক কখন থেকে?

তোমাকো কাঁপতে কাঁপতে একই কথা বারবার বলতে লাগল–

মেয়েটাকে সে চেনে না।

মেয়েটা তার কানের কাছে এসে বলেছিল, "জিরো গা হাইত্তা।"

স্টেশনমাস্টারের রিপোর্টে সেটা লেখা হল। জাপানি সংবাদমাধ্যমে খবরটা পৌঁছতে দেরি হল না। পরে যখন কথাটার ইংরেজি অনুবাদ করা হল, তার মানে দাঁড়াল -

"জিরো হ্যাস এন্টারড."

একই দিন, একই তারিখে, তিনটি শহরে, তিনটি ঘটনা ঘটল।

নিউইয়র্ক।

লন্ডন।

টোকিও।

১। শূন্য থেকেই শুরু

তিনজন মানুষ মরল।

তিনজনের চোখে দেখা গেল এক অস্বাভাবিক লাল আভা।

আর তিন জায়গা থেকেই ফিরে ফিরে উঠে এল একই শব্দ–

"জিরো।"

আন্তর্জাতিক সংবাদমাধ্যমে তোলপাড় পড়ে গেল।

প্রথমে অনেকে এটাকে কাকতালীয় বলল।

কেউ বলল, সাইবার-সন্ত্রাসের এক নতুন রূপ।

কেউ বলল, কোনো কাল্ট।

কেউ বা বলল, গণ-উন্মাদনা।

পৃথিবী তখনও জানত না, এটা শুধু তিনটি বিচ্ছিন্ন দুর্ঘটনা নয়।

এটি ছিল এক দরজা খোলার শব্দ।

আর দরজার ওপারে ছিল এমন এক অন্ধকার, যা কোনো দেশের আইন, কোনো শহরের নজরদারি, কোনো প্রযুক্তির অ্যালগরিদম – কিছুই থামাতে পারবে না।

২। কল্লোলিনী কলকাতা

১৭ নভেম্বর ২০২৩, কলকাতা, লালবাজার হেডকোয়ার্টার, রাত ১১টা ২২ মিনিট

কলকাতা শহর কখনও পুরোপুরি আধুনিক হয় না, আবার কখনও সেইভাবে পুরোনোও থাকে না।

২০২৩ সালে এই শহর একই সঙ্গে ট্রাম আর অ্যাপ-ভিত্তিক ক্যাব, হাতে ভাঁড়ের চা আর কিউআর কোডে পেমেন্ট, পুরোনো লাল বাড়ি আর কাঁচের রোদ ঝলসানো টাওয়ার - সবকিছুকে একসাথে বয়ে নিয়ে চলে।

রাত নামলে শহরের রং টা একটু বদলে যায়। দিনের ভিড় কমে আসে, কিন্তু অদৃশ্য একটা গতি থেকেই যায়। কোনও দরজা বন্ধ হয়, আর কোনও দরজা খোলে, কোথাও আলো নিভে যায়, আবার কোথাও আলো বাড়তে থাকে। বেশির ভাগ দোকানের শাটার নামে, কিন্তু দু একটা দোকান গোপনে দরজা খোলে - অন্ধকারে ।

এই শহর রাতেও কাজ করে -

শুধু কাজের ধরনটা বদলে যায়।

লালবাজারের ভিতরের এক ছোট, প্রায় অচেনা ঘরে বসে আছে রনদীপ চক্রবর্তী।

৩২ বছর বয়স।

স্পেশাল টাস্ক ফোর্সের হেড।

চোখে ক্লান্তি নেই -

কিন্তু ঘুম হয়েনি অনেকদিন।

রনদীপের ঘুম কেড়ে নিয়েছে এক দল লম্পট, আন্তর্জাতিক এক পাচার চক্র। যার হাত বিস্তৃত পৃথিবীর ধনী ভি-আই-পি স্তরে।

রনদীপের সামনে ছড়িয়ে আছে কয়েকটা স্ক্রিন, কিছু প্রিন্টআউট, আর কলকাতার ম্যাপ - যেখানে লাল, নীল, হলুদ দাগ দিয়ে চিহ্নিত করা হয়েছে বিভিন্ন জায়গা।

কোনটা রুট, কোনটা ড্রপ পয়েন্ট, কোনটা সন্দেহভাজন কন্ট্যাক্ট - সব মিলিয়ে একটা অদ্ভুত জট তৈরি হয়েছে।

এই জট খুলতে টিমের দু বছর লেগেছে।

আজ রাতেই তার শেষ গিঁটটা খুলতে হবে।

ফোনটা আবার বেজে উঠল।

রনদীপ শান্ত গলায় বলল,

"হ্যাঁ স্যার বলুন।"

ওপাশে দিল্লি।

"আপডেট?"

রনদীপ চোখ নামাল স্ক্রিনে।

ডকের লাইভ ফিড চলছে।

“সব টিম পজিশনে আছে। ডক এলাকায় নজরদারি চলছে। আর দশ মিনিট।”

ওপাশে কয়েক সেকেন্ড নীরবতা।

তারপর খুব ঠান্ডা, চাপা গলায় উত্তর এল–

“রনদীপ... এই অপারেশন ফেল করা যাবে না। দুই বছর ধরে আমরা এটা তৈরি করেছি।”

রনদীপ এক মুহূর্তও দেরি না করে বলল–

“ফেল হবে না”।

কলটা কেটে গেল।

কিন্তু তার নিজের কথাটা থেকে গেল তার মাথার ভিতরে।

“ফেল হবে না”।

১৭ নভেম্বর ২০২৩, কলকাতা, খিদিরপুর ডক - একই সময়

জলপথ সবসময়ই ছিল সবচেয়ে নীরব পথ।

রাস্তা দিয়ে গেলে চেকপোস্ট, সিসিটিভি, পুলিশ - সব আছে।

কিন্তু জলপথে, বিশেষ করে রাতের অন্ধকারে, অনেক কিছুই অদৃশ্য হয়ে যেতে পারে।

খিদিরপুর ডকের পাশে কয়েকটা কন্টেইনার ট্রাক দাঁড়িয়ে।

বাইরে থেকে সব একই রকম।

লোহার বড় বড় বাক্স।

নাম, নম্বর, আর কোম্পানির লোগো।

কিন্তু সব কন্টেইনার একই জিনিস বহন করে না।

কিছু কন্টেইনারের ভিতরে থাকে জলজ্যান্ত মানুষ।

চুপ করে।

অপেক্ষা করে।

চার-পাঁচটা কন্টেইনারের ভিতরে এখন আছে ৭ থেকে ১৭ বছর বয়সি ছেলে-মেয়ে।

কারও চোখে ভয়।

কারও চোখে শূন্যতা।

কারও চোখে এখনও বিশ্বাস বেঁচে আছে -

যে তারা কোথাও ভালো জায়গায় যাচ্ছে।

কেউ শুনিয়েছে বিদেশে চাকরি।

কেউ শুনিয়েছে পড়াশোনা।

কেউ বা শুনিয়েছে *“ভালো জীবন”*।

“ভালো জীবন” –

এই কথাটার মানে কিন্তু কেউ ওদের ঠিকভাবে বোঝায়নি।

বাইরে নীরবতা।

ভিতরে চাপা নিঃশ্বাস।

১৭ নভেম্বর ২০২৩, কলকাতা, লালবাজার স্পেশাল টাস্ক অপারেশন রুম, রাত ১১টা ২৫ মিনিট

রনদীপ একসাথে তিনটা ফিড দেখছে - ডকের লাইভ ক্যামেরা, ট্রাক মুভমেন্ট ট্রাফিক ট্র্যাকিং, ডার্ক ওয়েব চ্যাটের ডিক্রিপ্টেড লগ।

শেষেরটা সবচেয়ে অদ্ভুত।

স্ক্রিনে কিছু কোডেড মেসেজ ভেসে উঠছে।

"শিপমেট কনফার্মড"

"ব্যাচ রেডি"

"জেড নোড ভেরিফাইড"

রনদীপ ভ্রু কুঁচকাল।

জেড নোড?

এর আগে এই শব্দটা আসেনি। তার অভিজ্ঞতা বলছে –

নতুন শব্দ মানেই নতুন আরেক স্তর।

আর নতুন স্তর মানে –

খেলা আরও বড়।

চট জলদি সে টিম কে প্রশ্ন করল –

"টেক টিম, এই 'জেড নোড' টা ট্রেস করো। আগের লগে আছে কিনা দেখো।"

ওপাশ থেকে উত্তর এল –

"স্যার, এই টার্মটা নতুন। আগে কোনও ট্রেস নেই।"

রনদীপের বুকের ভিতর হালকা চাপ বাড়ল।

এই অপারেশন শুধু হিউম্যান ট্রাফিকিং না - এটা সে আগেই আঁচ পেয়েছিল।

কিন্তু ঠিক কতটা বড়, সেটা এখনও পরিষ্কার না।

অপারেশন শুরু, রাত ১১টা ৩৪ মিনিট

"গো" – ছোট্ট একটা শব্দ।

আর তার সাথে সাথে কলকাতা, মুম্বাই, নেপাল বর্ডার, নর্থ-ইস্ট – একসাথে নড়ে উঠল।

বিভিন্ন দরজা ভাঙা হল। চিৎকার। দৌড়। হাতকড়া।

বন্দুক তাক করা। কোথাও বা দু একটা গোলা গুলি।

খিদিরপুর ডকের কন্টেইনার খুলতেই ভেতর থেকে বেরিয়ে এল কম বয়সি ছেলে মেয়েরা।

কেউ কাঁদছে।

কেউ চুপ।

আর কেউ আলো দেখেই চোখ ঢেকে ফেলল।

একজন অফিসার ফিসফিস করে রেডিও তে বলল –

"স্যার... এখানে শুধু ট্রাফিকিং না... কিছু টেস্টিং-এর কথাও শুনছি..."

রনদীপ ঠান্ডা গলায় বলল –

"সব বাচ্চাকে বের করো। মেডিক্যাল টিম ডাকো। কেউ যেন বাদ না পড়ে।"

অপারেশন শেষে, রাত ১১টা ৫৫ মিনিট

ভারতবর্ষের সব স্পেশাল টিম একসাথে রিপোর্ট দিল।

কলকাতা – ১৩৫ জন উদ্ধার, মুম্বাই – প্রায় ৩০০

নেপাল আর নর্থ ইস্ট থেকে আর কিছু জনকে উদ্ধার করা গেছে। অপারেশন সফল।

রনদীপের মুখে তবু হাসি নেই। সে আবার সেই লগটা খুলল।

“জেড নোড”

স্ক্রিনের ডার্ক ওয়েব ডিক্রিপ্ট লগ এ আরেকটা লাইন ও দপ দপ করছিল –

“প্রাইমারি সাবজেক্টস শিপড”

বুকের ভিতর অস্বস্তিটা এবার আরও একটু মোচড় দিলো।

এই বাচ্চারা শুধু দেহ ব্যবসা, মজদুরি, দাসত্বের জন্য পাচারের শিকার না। কেউ কেউ এখানে “সাবজেক্ট”। কিসের? সেটাই সব থেকে বড় প্রশ্ন।

২১ ডিসেম্বর ২০২৩, কলকাতা, লেক গার্ডেনস, ভোর ৪টে ৪৫ মিনিট

শীতকালে ভোরের কলকাতার আলাদা এক মেজাজ। রাস্তা ফাঁকা। চায়ের দোকানগুলো খুলছে ধীরে ধীরে।

হালকা কুয়াশা। আর সেই কুয়াশার ভিতর পুলিশ গাড়ির দপ দপ করা লাল নীল আলো।

সাব-ইন্সপেক্টর খাসনবিশ দাঁড়িয়ে আছে লেক গার্ডেনস এর এক গলির মুখে।

তার সাথে এ এস আই - ঘোষ বাবু, আর কনস্টেবল - অসিত মিত্র।

"এত সকালে একটা বাচ্চা ছেলেকে ধরতে এত আয়োজন..."

ঘোষ বাবু বিড়বিড় করল।

খাসনবিশ চুপ। সেও কেসটা বুঝতে পারছে না।

১৯ বছরের একটা ছেলে। যাদবপুর ইউনিভার্সিটির কম্পিউটার সাইন্স এর ছাত্র। গরিব বাড়ি। বাবা নেই।

কিন্তু তার জন্যে কমিশনার অব্ধি ইনভলভড, ইন্টেলিজেন্স ব্যুরো নজর রাখছে, উপর মহলের প্রচণ্ড চাপ। কিছু একটা রহস্য তো আছে।

দু তলা বাড়ির নিচের তলাতে ভাড়া নিয়ে থাকে ছেলেটা। দরজা ঠেলতেই খুলে গেল। ঘর নিতান্তই ছোট। অতি সাধারণ।

একটা খাট, একটা টেবিল, একটা পুরনো ছোটো মাইক্রোওয়েভ, আর বেশ কিছু বই।

খাসনবিশ বইগুলো তুলে দেখল।

“কার্নেল প্রোগ্রামিং”, “লো লেভেল সিস্টেমস”, “নিউরাল ইন্টারফেস সিকিউরিটি”।

বইয়ের পাতাগুলো উলটাতে উলটাতে খাসনবিশ ভাবল - নিউরাল ইন্টারফেস? ১৯ বছরের ছেলে এইসব কঠিন জিনিস পড়ে?

টেবিলের ওপরে একটা রাউটার, একটা সুইচ, কিন্তু ফাইবার লাইনটা কাটা। মাইক্রোওয়েভ খুলে পাওয়া গেল দুটো পোড়া সিম কার্ড। ল্যাপটপ টেবিলের ওপরেই পড়ে আছে কিন্তু তার ভিতরের থেকে হার্ড ডিস্কটা উধাও।

ছেলেটাও হাওয়া।

অসিত বাবু ধীরে বলল -“স্যার ছেলেটা আগে থেকেই কি করে জানলো যে আমরা আজ ভোরেই আসবো?”

ঘরের এক কোণে দেয়ালে একটা ছোট্ট দাগ। কেউ খেয়াল করল না। কিন্তু খাসনবিশ কাছে গিয়ে দেখল - হাতে আঁকা একটা চিহ্ন। একটা বৃত্ত। তার ভিতরে একটা কাটা শূন্য। ইংরেজিতে জেড-এর মতো।

আর তার তলায়ে একটা বড় প্রশ্ন চিহ্ন -

“আ বিগ কোশ্চেন মার্ক”।

৩। সুপার হিউম্যান

১৬ ফেব্রুয়ারি ২০৩০, দার্জিলিংয়ের কাছের এক পাহাড়ি উপত্যকা, সন্ধ্যা ৭টা ১৫ মিনিট

পৃথিবী বদলে গেছে অনেকটাই, তবে এই বদলটা একদিনে হয়নি, হয়েছে ধীরে ধীরে, প্রায় অদৃশ্যভাবে, মানুষের চোখের সামনেই হয়েছে। ভারতবর্ষেও তার প্রভাব পড়েছে, যদিও সেই প্রভাব সব জায়গাতে সমানভাবে পৌঁছে উঠতে পারেনি। বড় শহরগুলোতে এখন প্রযুক্তির ছোঁয়া খুব স্বাভাবিক ব্যাপার - ঘরে ঘরে উচ্চগতির অপটিক্যাল ফাইবার, এয়ারপোর্টে ফেস ডিটেকশন দিয়ে সেলফ ইমিগ্রেশন, রাস্তায় রাস্তায় অটোমেটেড সিগন্যালিং সিস্টেম, ক্যামেরা সারভেলেন্স ব্যবস্থা, মানুষের হাতে হাতে স্মার্টওয়াচ, চোখে স্মার্ট গ্লাস, এমনকি বাচ্চাদের পড়াশোনাতেও ঢুকে পড়েছে আর্টিফিশিয়াল ইন্টেলিজেন্স ভিত্তিক লার্নিং সফটওয়্যার। কলকাতা, মুম্বাই, দিল্লি, ব্যাঙ্গালোর - গত দশ বছরে এই শহরগুলো এক নতুন রূপ নিয়েছে, যেন পুরোনো শহরের উপরেই আরেকটা অদৃশ্য শহর তৈরি হয়েছে।

তবু এই উন্নতির ঢেউ সব জায়গায় তার প্রভাব পুরোভাবে বিস্তার করেনি। দার্জিলিংয়ের কাছের পাহাড়ি উপত্যকার এক ছোট্ট গ্রামে সময় যেন একটু থেমেই আছে। পাহাড়ি বাতাস, কুয়াশা, নীরবতা - এখানে প্রযুক্তি আছে, কিন্তু তার উপস্থিতি একটু চাপা, যেন জায়গাটা দখল করতে পারেনি।

এই উপত্যকাতেই দাঁড়িয়ে আছে একটা পুরোনো দুতলা বাড়ি, সামনে ঝুলছে জরাজীর্ণ সাইনবোর্ড - "গড চাইল্ড হোলি হোম"। এই হোমে ছোট-বড় মিলিয়ে মোট চোদ্দটা ঘর, নিচতলায় দুটো বড় ঘর ছোটদের ক্লাসরুম হিসেবে ব্যবহার হয়, একটা অফিস রুম, একটা কিচেন, সিস্টারদের থাকার ঘর আর রান্নার লোকের ছোট্ট জায়গা, আর উপরের তলায় বাংক বেডে ভরা ঘরগুলোতে বড় আর ছোট বাচ্চাদের আলাদা করে রাখা হয়। এখানে বাচ্চারা থাকে সতেরো-আঠারো বছর বয়েস পর্যন্ত, তারপর যে যার মতো কাজ খুঁজে নেয়, কেউ বেরিয়ে যায়, কেউ বা হারিয়ে যায়।

এই হোমের প্রায় সব বাচ্চাই অনাথ, তবু মাঝে মাঝে দূর সম্পর্কের কোনও আত্মীয়, লোকাল গার্জিয়ান, অথবা পরিচিত কেউ এসে দেখে যায় তাদের, কেউ খাবার নিয়ে আসে, কেউ বই, কেউ শুধু কিছুক্ষণ সময় কাটিয়ে চলে যায়। এই ছোট ছোট উপস্থিতিগুলোই হয়তো ওদের কাছে বাইরের পৃথিবীর সাথে সংযোগ।

এই হোমেই রয়েছে অম্বিকা।

চব্বিশ বছর বয়স, অথচ সে কোথাও এখনো যায়নি। অন্যদের মতো বাইরে বেরিয়ে নতুন জীবন খুঁজে নেয়নি। সে থেকে গেছে এখানেই, ছোটোদের দেখাশোনা করে, সিস্টারদের নানান কাজে সাহায্য করে, যেন এই জায়গাটাই তার একমাত্র পরিচয়।

৩। সুপার হিউম্যান

গত কয়েকদিন ধরে অম্বিকাকে আলাদা করে রাখা হয়েছে। উপরের একটা ছোট ঘরে। দুদিন ধরে তার খাওয়া দাওয়া বন্ধ। এটাই তার শাস্তি।

সিস্টারদের প্রাথমিক ধারণা - অম্বিকা মানসিকভাবে অসুস্থ। তার প্রভাব মাঝে সাঝে সব কিছু জটিল করে তোলে।

কিন্তু সমস্যাটা শুধুই কি মানসিক?

এক সপ্তাহ আগে হোমে একটা অদ্ভুত ঘটনা ঘটেছিল, যেটা প্রথমে কেউ গুরুত্ব দেয়নি। হঠাৎ করে একসাথে সব লাইট নিভে যায়, ফ্যান বন্ধ হয়ে যায়, টিভি বন্ধ, এমনকি ডিজিটাল জেনারেটার টাও কাজ করেনি, যেটা সাধারণত অটোমেটিক ভাবেই চালু হয়ে যায়। সিস্টার মোবাইল হাতে নিয়ে দেখে সেটাও হঠাৎ বন্ধ। পুরো হোম কয়েক মিনিটের জন্য এমন এক অন্ধকারে ডুবে গিয়েছিল, যেটা শুধু আলো না থাকার জন্য না - বরং যেন কোনো অদৃশ্য শক্তি সবকিছু থামিয়ে দিয়েছে।

পনেরো মিনিট পরে আবার সবকিছু স্বাভাবিক হয়ে যায়।

পরের দিন এটা নিয়ে কেউ বিশেষ কিছু আর ভাবেনি।

কয়েক দিন পরে অম্বিকা এসে বলে -

সে নাকি ইচ্ছে করেই সব বন্ধ করেছিল।

প্রথমে সবাই ভাবে, মজা করছে।

তারপর যখন সে একই কথা বারবার বলতে থাকে, আর তার চোখে একটা অদ্ভুত নিশ্চয়তা দেখা যায়, তখন সিস্টারদের

মনে হাল্কা ভয় জন্মায়। মন দিয়ে অনেক কিছু করা সম্ভব। তাই বলে অম্বিকা?

এই হোমে কয়েকজন বয়ঃসন্ধি পার করা বাচ্চাও আছে। দুটো ছেলে - বিজয় তামাং, শান্ত স্বভাবের, আর তুহিন সিনহা, একটু ডানপিটে। চারজন মেয়ে। এই বয়সে স্বাভাবিকভাবেই সম্পর্ক, আকর্ষণ, টানাপোড়েন তৈরি হয়। তুহিন মাঝে মাঝে ইপ্সিতার পেছনে লাগে, কখনও মজা, কখনও বিরক্তি, কিন্তু কখনও কখনও সীমা ছাড়িয়ে যায়। এক রাতে ইপ্সিতা নিজের ঘরে কেঁদে ফেলেছিল। অম্বিকার কাছে কিছুই লুকিয়ে থাকে না।

সেই ঘটনার পরের রাতেই অদ্ভুত কিছু ঘটে।

তুহিন অফিস রুমে বসে সিস্টারের ফোনে কারোর সাথে কথা বলছিল। হঠাৎ করেই সে ছুটে বেরিয়ে আসে, আর দেখা যায় তার কানের লতি বেয়ে রক্ত ঝরছে। কেউ বুঝতে পারেনি কিভাবে। কোনো আঘাত নেই, কোনো কারণ নেই, তবু রক্ত। পরের দিন তাকে দার্জিলিংয়ের সরকারি হাসপাতালে পাঠানো হয়।

সেই রাতেই অম্বিকা এসে সিস্টারের কাছে স্বীকার করে -

এই কাজ নাকি সে করেছে। তুহিনের শিক্ষা দরকার ছিল।

সিস্টার প্রথমে খুব রেগে যায়, তারপর ভাবে -

পাগলের প্রলাপ।

কিন্তু অম্বিকার মাথার ভিতরে যা চলছিল, তা কোনো সাধারণ মানসিক অসুস্থতার মধ্যে ফেলা যায় না।

৩। সুপার হিউম্যান

সে নিজেই জানে না সে কে।

তার মনে হয়, তার স্মৃতিগুলো পুরোপুরি তার নিজের না। কিছু স্মৃতি সত্যি, আর কিছু যেন জোর করে তার মাথার ভিতরে ঢোকানো হয়েছে। তার মনে হয় তার বাবা-মা বেঁচে আছে, আবার একই সঙ্গে মনে হয় তাকে বারবার বোঝানো হয়েছে যে সে অনাথ। এই দুই বিপরীত সত্তা তার মাথার ভিতরে পাশাপাশি বাস করছে।

তার মনে মাঝে মাঝে ভেসে ওঠে কিছু দৃশ্য - কোনো এক অচেনা জায়গা, একটা প্যাগোডা-ধাঁচের মন্দির, তার পাশ দিয়ে বয়ে যাওয়া একটা নদী, আর চারমুখো এক শিবমূর্তি। অম্বিকা কখনও সেখানে যায়নি, তবু জায়গাগুলো তার কাছে অদ্ভুতভাবে পরিচিত।

তার নিজের মধ্যেই সে একাধিক সত্তার উপস্থিতি টের পায়। কখনও মনে হয় সে সবকিছু ধ্বংস করে দিতে পারে, আবার কখনও মনে হয় তাকেই পৃথিবীটা বাঁচাতে হবে। এই দুই বিপরীত ইচ্ছা তাকে ভিতর থেকে টানতে থাকে।

সবচেয়ে ভয়ংকর ব্যাপার - সে যা ভাবে, মাঝে সাঝে তার কিছু কিছু সত্যি হয়ে যায়।

সে চোখ বন্ধ করে মন থেকে চাইলে আশেপাশের ইলেকট্রনিক ডিভাইস বন্ধ করে দিতে পারে। ইচ্ছে করলে সে চোখ বন্ধ করে অনেক আওয়াজের মাঝে একটা কথাকপথন বেছে নিয়ে ঠিক শুনতে পারে, এমনকি সিস্টার তার বন্ধুর সঙ্গে ফোনে কী

কথা বলছে, তাও সে ইচ্ছা করলে পরিষ্কার শুনতে পায়, এই ঘরে বসেই।

সে জানে, এটা সাধারণ বা স্বাভাবিক ব্যাপার না। সে কি তাহলে পাগল হয়ে যাচ্ছে? নাকি মানসিক রোগগ্রস্ত।

মনে প্রশ্ন জাগে, ধারণা আসে, তার নাম - "অম্বিকা" - হয়তো তার নিজের নাম না। তাকে দেওয়া হয়েছে। তার অন্য নাম আছে, কিন্তু সে ঠিকভাবে মনে করতে পারে না।

দিনে দিনে তার জ্ঞান বাড়ছে। বই না পড়েও সে অনেক কিছু আগেই জানে। যেন তার মস্তিষ্কে আগে থেকেই কিছু সংরক্ষিত ছিল, যা এখন ধীরে ধীরে সক্রিয় হচ্ছে।

পাহাড়ি হাওয়ার নিস্তব্ধতার মধ্যে, সেই পুরোনো বাড়ির দেয়ালের ভিতরে, নীরবে, অদৃশ্যভাবে, তার ভিতরে কিছু একটা জেগে উঠছিল।

একটা ধারণা।

একটা কোড।

একটা অস্তিত্ব।

Z3RO

অম্বিকা এখনও জানে না -

সে মানুষ, নাকি কোনো পরীক্ষার ফল।

৪। নিরুপম বসুর ডায়েরি

১২ জুলাই ২০৩০, কলকাতা, বালিগঞ্জ, বিকেল ৪টে ১৫ মিনিট

প্রেসিডেন্সি কলেজ থেকে বেরিয়ে গাড়িতে উঠে ড্রাইভারকে রিয়া শুধু একটাই কথা বলল - "আজ বাবার বাড়ি যাবো"। অনেকদিন পর আজ নিজেকে একটু হালকা লাগছে তার, গত এক মাস সে প্রায় কলেজেই যায়নি, মাকে সামলানো, নিজের ভেতরের অস্থিরতা সামলানো - এই দুটোতেই দিন কেটে গেছে। তিনদিন আগে আদিত্য এসে তাকে বেশ বকাবকি করেছিল, বলেছিল এভাবে নিজেকে গুটিয়ে নিলে চলবে না, জীবন থেমে থাকে না।

আজ রিয়া একটা হালকা নীল জিন্সের ওপর সাদা সুতোর কাজ করা স্লিভলেস কুর্তি পরে বেরিয়েছে। সদ্য বৃষ্টি হয়ে যাওয়া বিকেলে তাকে দেখতে বৃষ্টি ভেজা চারাগাছের মতন উজ্জ্বল লাগছিল। কলাকাতার রাস্তায় জমে থাকা হালকা জলে আলোর লুকোচুরি খেলা হচ্ছে, গাড়ির হেডলাইটে ভিজে শহরটা ঝকঝক করছে, যদিও কলকাতায় এখন আর সেই পুরোনো ভেজা মাটির গন্ধ খুব একটা পাওয়া যায় না।

সংসার কখনও সরল সমীকরণ মেনে চলে না, রিয়ার বাবা-মায়ের সম্পর্কটাও তেমনই ছিল - বোঝাপড়া ছিল, বন্ধুত্ব

ছিল, কিন্তু সেই বন্ধুত্বের ভিতর কোথাও যেন একটা ফাঁক রয়ে গিয়েছিল, একটা ব্যবধান, যেটা সময়ের সঙ্গে সঙ্গে আরও স্পষ্ট হয়েছে।

নিরুপম বসু - নামটা শুধু কলকাতায় না, দেশের বাইরেও পরিচিত ছিল। একজন প্রতিষ্ঠিত নিউরোসায়েন্টিস্ট, যার কাজের ক্ষেত্র ছিল মানুষের মস্তিষ্ক, নিউরাল সিগন্যাল, আর সেই অদৃশ্য যোগাযোগের জগৎ যেটা এখনও পুরোপুরি বোঝা যায়নি। তার কাজের জন্য তাকে প্রায় সারাটা জীবন বিদেশে থাকতে হয়েছে। অন্যদিকে রিয়ার মা কবিতা বসু, একটি ইংরেজি মাধ্যম স্কুলের শিক্ষিকা, যিনি নিজের ছন্দে, নিজের জায়গায় স্থির ছিলেন।

দুজনেই বয়সের একটু পরে বিয়ে করেছিলেন, তখন দুজনেরই বয়স প্রায় চল্লিশ ছুঁইছুঁই, আর সেই বয়সে এসে তৈরি হওয়া সম্পর্কগুলো অনেক সময় গভীর হলেও, সবসময় সহজ হয় না। রিয়ার জন্মের পর কিছুদিন সবকিছু ঠিকঠাক চললেও, ধীরে ধীরে নিরুপম বসুর কাজের চাপ, তার একাকিত্বের প্রয়োজন, আর তার ক্রমশ গুটিয়ে যাওয়ার স্বভাব - এই সব মিলিয়ে তাদের সম্পর্কের ভিতরে দূরত্ব তৈরি হতে থাকে।

কিছু বছর আগে তিনি বালিগঞ্জ সার্কুলার রোডে একটা ছোট ফ্ল্যাট নিয়ে আলাদা থাকতে শুরু করেন। কারণ হিসেবে বলেছিলেন - কাজের জন্য নির্জনতা দরকার, নিজের মতো করে ভাবার জায়গা দরকার। কবিতা বসু সেটা মেনে নিলেও, মনের ভিতরে সেই দূরত্বটা কখনোই পুরোপুরি মেনে উঠতে পারেননি।

রিয়া মাঝে মাঝে বাবার কাছে যেত, খাবার নিয়ে যেত, একসঙ্গে বসে খেত, কখনও দাবা খেলত, কিন্তু সেই সময়গুলোও যেন একটা নির্দিষ্ট সীমার মধ্যে আটকে থাকত। বাবার একটা অংশ যেন সবসময় তার কাছে অচেনাই থেকে গিয়েছিল।

নিরুপম বসু মাঝে মাঝেই দার্জিলিং যেতেন, একা। এই নিয়ে মা-বাবার মধ্যে ঝগড়াও হত। রিয়া তখন বুঝত না, এখন বুঝতে পারে - সব প্রশ্নের উত্তর সবসময় পাওয়া যায় না।

এক মাস আগে, ১০ জুনের সেই দিনটা যেন এখনও স্পষ্ট।

সেদিন বিকেলে কবিতা বসু ডুপ্লিকেট চাবি দিয়ে বালিগঞ্জের ফ্ল্যাটের দরজা খুলে ভিতরে ঢুকেছিলেন। ঘরে ঢুকেই তিনি থমকে যান।

নিরুপম বসু মেঝেতে পড়ে আছেন।

নড়াচড়া নেই।

পাশেই একটা ওষুধের পাতা, আর একটা ছোট পোস্ট-ইট নোট।

তাতে লেখা -

"আমি পারলাম না কিছু আটকাতে, মুক্তি চাই।"

ঘটনাটা পুলিশের কাছে আত্মহত্যা হিসেবেই ধরা পড়ে। কোনো জোরজবরদস্তির চিহ্ন ছিল না, দরজা ভিতর থেকে বন্ধ ছিল, সবকিছু যেন খুব পরিষ্কার, খুব সরল।

কিন্তু জীবনের সব সত্যি কি সবসময়ে এতটা সরল হয়?

এরপর থেকেই কবিতা বসু বদলে যেতে শুরু করেন। মাঝেমাঝেই হঠাৎ কেঁদে ফেলেন, বারবার একই কথা বলেন - "তোর বাবা কে আমি মেরে ফেললাম... বুঝতে পারলাম না মানুষটাকে..." এই অপরাধবোধ তাকে ভেতর থেকে ধীরে ধীরে ভেঙে দিচ্ছিল।

এই এক মাস রিয়া প্রায় নিজের জীবনটাই থামিয়ে রেখেছিল। মাকে সামলানোই তার একমাত্র কাজ হয়ে দাঁড়িয়েছিল।

আজ অনেকদিন পরে রিয়া আবার এসেছে সেই ফ্ল্যাটে।

দরজা খুলতেই একটা অদ্ভুত নিস্তব্ধতা তাকে ঘিরে ধরল। এই নিস্তব্ধতা সাধারণ নীরবতা না, বরং যেন কিছু একটা অনুপস্থিতির ভার - যেটা চোখে দেখা যায় না, কিন্তু অনুভব করা যায়।

ঘরটা এলোমেলো পড়ে আছে। বাবার মৃত্যুর পর আর কেউ ঠিকমতো কিছু গুছিয়ে দেয়নি।

রিয়া ধীরে ধীরে কাজ শুরু করল। ছড়িয়ে থাকা জামাকাপড় ভাঁজ করে রাখল, টেবিলের ওপরের বইগুলো ধুলো ঝেড়ে সাজাতে লাগল। এই টেবিলটাই ছিল বাবার কাজের জায়গা, যেখানে বসে তিনি ঘণ্টার পর ঘণ্টা কাটাতেন।

বইগুলো বেশিরভাগই তার নিজের বিষয়ের - ব্রেন, নিউরাল নেটওয়ার্ক, সিগন্যাল প্রসেসিং, সার্কিট ডিজাইন, কিছু গবেষণাপত্রের প্রিন্টআউট।

রিয়া ড্রয়ারটা খুলল।

ভিতরে একটা কালো ডায়েরি।

পাশেই একটা সিগারেটের বাক্স।

সে একটু থমকে গেল। বাবা সিগারেট খেত? কে জানে? একা একা থাকতেন, কাজের মধ্যে, দু একটা খেত হয়েতো।

কিন্তু বাবা ডায়েরিও লিখত? কোনোদিন তো বলেনি।

রিয়া ধীরে ধীরে ডায়েরিটা খুলল।

প্রথম কয়েকটা পৃষ্ঠা দেখে কিছুই বোঝা গেল না। ইংরেজিতে লেখা কিছু বাক্য, মাঝে মাঝে কিছু লেখা প্রোগ্রামিং কোডের মতো লাগছিল, এখানে সেখানে গাণিতিক চিহ্ন, ব্রেনের বিভিন্ন অংশের ডায়াগ্রাম - কর্টেক্স, হিপোক্যাম্পাস, সেরেবেলাম - আর তার সঙ্গে যুক্ত হয়েছে সার্কিট ড্রইং, যেন জীববিজ্ঞান আর প্রযুক্তি একসাথে মিশে গেছে।

রিয়ার নিজের বিষয় বায়োটেকনোলজি হওয়ায় কিছু অংশ তার কাছে চেনা মনে হচ্ছিল, কিন্তু পুরোটা মিলিয়ে নিতে একটা অদ্ভুত অস্পষ্টতা থেকে যাচ্ছিল।

তারপর হঠাৎ সে কিছু বাংলা লেখা দেখতে পেল।

ছোট ছোট ছড়া। সে অবাক হল। বাবা কবিতাও লিখতেন?

ছড়াগুলো সাধারণ না, যেন ধাঁধার মতো, সংখ্যার ইঙ্গিত আছে, লুকোনো কোনো অর্থ আছে, হেঁয়ালি।

যেমন একটা জায়গায় লেখা-

“সমাদ্দার-এর চাবিকাঠি

তাকেই বুড়ো বানিয়ে লাঠি

অসাধারণ কে ছোট্ট ঘরে -

নয়ে সাত তিন নয়ের দরে”

রিয়া কয়েকবার পড়ল। কিছুই বোঝা গেল না।

পাতা উল্টাতে উল্টাতে, তার হাত থেমে গেল শেষ লেখা পাতায়।

পুরো ডায়েরির মধ্যে ডায়াগ্রাম, সংকেত, আর ছড়ানো ছিটানো ছড়া ছাড়া আর একটাই মাত্র বাংলা বাক্য।

খুব পরিষ্কার করে লেখা। আর সেই লেখা পড়তেই তার মনে পড়ে গেল বাবার পাশে পড়ে থাকা সেই শেষ চিরকুট।

ডায়েরির শেষ লেখা পাতায় এক-ই রকম লেখা-

“কিছুই পারলাম না আটকাতে, ভাইরাসটা এখন চিন্তা করতে শিখে গেছে।”

রিয়ার হাত হালকা কেঁপে উঠল। ঘরের নিস্তব্ধতা আরও ঘন হয়ে এল।

এই ডায়েরিটা শুধু কোনো গবেষণার নোট না। এটা একটা সতর্কবার্তা। একটা অসমাপ্ত লড়াইয়ের চিহ্ন।

আর রিয়ার বাবা - শেষ পর্যন্ত সেই লড়াইয়ে তিনি হার মেনেছেন।

৫। ফিরে তাকানো

২০১৮ - ২০১৯, রুয়ান্ডা, আফ্রিকা

বিজ্ঞান আর প্রযুক্তির একটা অদ্ভুত বৈশিষ্ট্য আছে - যেটা একসময় মানুষের কল্যাণের জন্য তৈরি হয়, সেটাই আবার অন্য সময় মানুষের ধ্বংসের কারণ হয়ে দাঁড়ায়। যেই বিমান আবিষ্কার হয়েছিল মানুষকে এক জায়গা থেকে আরেক জায়গায় পৌঁছে দেওয়ার জন্য, সেই প্রযুক্তিই অন্য রূপে হিরোশিমা আর নাগাসাকিতে পারমাণবিক বোমাটাও পৌঁছে দিয়েছিল। সোশ্যাল মিডিয়া তৈরি হয়েছিল মানুষে মানুষে যোগাযোগ সহজ করার জন্য, অথচ সেই একই প্রযুক্তি ব্যবহার করে মিথ্যা খবরও ছড়িয়ে দেওয়া হয়, রাজনৈতিক স্তরে প্রভাব বিস্তার করা হয়, মানুষকে বিভ্রান্ত করা হয়, অনৈতিক সুবিধা লাভের জন্য। জেনেটিক ইঞ্জিনিয়ারিং দিয়ে খাদ্য উৎপাদন বাড়ানো যেমন সম্ভব হয়েছে, আবার সেই প্রযুক্তির অপব্যবহার মানুষের স্বাস্থ্যের জন্য ক্ষতিকরও হয়ে উঠেছে। পারমাণবিক শক্তি যেমন বিপুল পরিমাণে বিদ্যুৎ দিতে পারে, তেমনই সেই শক্তি দিয়ে পৃথিবীও ধ্বংস করা সম্ভব।

মানুষ যা কিছু নিজে সৃষ্টি করেছে, তার প্রায় সবকিছুর মধ্যেই এই দ্বৈততা আছে - ভালো আর মন্দ, সৃষ্টি আর ধ্বংস, উন্নতি আর বিপর্যয়।

ভাইরাসের গল্পটাও ঠিক তেমনই।

এই গল্পটা বুঝতে হলে একটু পিছনে ফিরে তাকাতে হয়।

এই সবকিছুর শুরু আজ থেকে অনেক বছর আগে, প্রায় এক দশকেরও বেশি আগে, ২০১৪ সালে, আফ্রিকার রুয়ান্ডাতে। সেখানে শুরু হয়েছিল এক আন্তর্জাতিক নিউরাল-ম্যাপিং গবেষণা - "প্রোজেক্ট হ্যালো" (Project Halo)। এই প্রোজেক্টের মূল লক্ষ্য ছিল মানুষের মস্তিষ্কের সংকেত পড়া, সেই সংকেতকে প্রযুক্তির সাহায্যে বিশ্লেষণ করা, এবং আবেগ, স্মৃতি ও চিন্তার গঠন বোঝা।

এই গবেষণার পেছনে ছিল একটি বেসরকারি সংস্থা - "হেলিক্স ডাইনামিকস" (Helix Dynamics)। বাইরে থেকে এটি একটি সাধারণ প্রযুক্তি সংস্থা হলেও, ভিতরে ভিতরে এর সংযোগ ছিল অনেক গভীরে। মার্কিন প্রতিরক্ষা দপ্তর, ইউরোপীয় সাইবারনেটিক অ্যাসোসিয়েশন, আরও একাধিক সামরিক সংস্থা এবং বড় বড় কর্পোরেট প্রতিষ্ঠানের সঙ্গে গোপনভাবে যুক্ত ছিল এই সংস্থা। গবেষণার শেষ উদ্দেশ্য কিন্তু শুধু বিজ্ঞানভিত্তিক ছিল না - এর মধ্যে লুকিয়ে ছিল কৌশল, ক্ষমতা আর মানুষ নিয়ন্ত্রণের ভবিষ্যৎ পরিকল্পনা।

এই প্রোজেক্টের নেতৃত্বে ছিলেন ভারতের একজন খ্যাতনামা নিউরোসায়েন্টিস্ট - নিরুপম বসু।

তার তত্ত্বাবধানে একদল বিজ্ঞানী, নিউরোসায়েন্টিস্ট এবং আর্টিফিশিয়াল ইন্টেলিজেন্স ইঞ্জিনিয়ার একসাথে কাজ করছিলেন। প্রথম দিকে সবকিছুই স্বাভাবিক এবং আশাব্যঞ্জক ছিল।

ভলান্টিয়ারদের মাথায় বসানো হচ্ছিল নিউরাল চিপ, যার মাধ্যমে মানুষের ব্যথা, মানসিক চাপ, ডিপ্রেশন নিয়ন্ত্রণ করার চেষ্টা চলছিল, কিছু ক্ষেত্রে সফল এই প্রযুক্তি মানুষের চিন্তাধারা দিয়ে প্রস্থেটিক লিম্ব চালানতেও সক্ষম হয়েছিল। এই প্রযুক্তির ভবিষ্যৎ পরিকল্পনা ছিল আরও বড় - অপরাধীদের মস্তিষ্কের আচরণ পরিবর্তন করা, আত্মঘাতী প্রবণতা থাকা মানুষদের মস্তিষ্কে ইতিবাচক চিন্তা প্রবেশ করানো, মানুষের মানসিক সুস্থতাকে প্রযুক্তির মাধ্যমে স্থিতিশীল রাখা।

সবকিছুই মানুষের ভালোর জন্য - অন্তত বাইরে থেকে সেটাই মনে হয়েছিল।

কিন্তু ইতিহাস বারবার দেখিয়েছে - যেখানে বড় প্রযুক্তি, বড় ক্ষমতা, আর বিপুল অর্থ জড়িত থাকে, সেখানে লোভ, লালসা আর নিয়ন্ত্রণের আকাঙ্ক্ষাও ঢুকে পড়ে।

হেলিক্সের ভিতরেও ঠিক সেটাই ঘটল।

সংস্থার ভিতরে ধীরে ধীরে বিভক্তি তৈরি হতে লাগল। বিভিন্ন গোষ্ঠী এই প্রযুক্তির ওপর নিজেদের অধিকার চাইতে শুরু করল। রাজনৈতিক প্রভাব, কর্পোরেট স্বার্থ, এমনকি মাফিয়াদেরও নজর পড়ল এই গবেষণার দিকে। এই প্রোজেক্ট আর শুধুমাত্র চিকিৎসা বা মানবকল্যাণের মধ্যে সীমাবদ্ধ থাকল না - এর মধ্যে ঢুকে গেল এক নতুন, অশুভ উদ্দেশ্য। মানব মস্তিষ্ককে পুরপুরি নিয়ন্ত্রণ করার পরিকল্পনা।

এই পরিকল্পনারই এক পর্যায়ে, গবেষণার মূল কোডের ভিতরে গোপনে স্থাপন করা হল একটি বিশেষ প্রোগ্রাম -

"জিরো" (Z3RO) বা "জোন-থ্রি রিএকটিভ ওভাররাইড" (Zone-3 Reactive Override)।

এই কোডের উদ্দেশ্য ছিল মানুষের মস্তিষ্কের এমন একটি স্তরে পৌঁছানো, যেটা সাধারণ চেতনা, অবচেতন এবং স্মৃতির স্তরের বাইরের। জোন-থ্রি (Zone-3) – ব্রেনের এমন একটি স্তর, যেখানে চিন্তা তৈরি হয় না, বরং চিন্তা প্রবেশ করানো যায়।

যদি কেউ এই স্তরে প্রবেশ করতে পারে, তবে সেই মানুষটা বুঝতেই পারবে না - কোন চিন্তাটা তার নিজের, আর কোনটা বাইরে থেকে বসানো। এরপরের পরিকল্পনাগুলো আরও ভয়ংকর হয়ে ওঠে।

হেলিক্স বুঝতে পারে, এই প্রযুক্তিকে সম্পূর্ণভাবে কার্যকর করতে হলে দরকার কম বয়সি সাবজেক্ট - এমন মস্তিষ্ক, যেগুলো এখনও পুরোপুরি গঠিত হয়নি, যেগুলোকে সহজে প্রভাবিত করা যায়। কিন্তু এই ধরনের ভলান্টিয়ার পাওয়া প্রায় অসম্ভব।

তাই শুরু হয় অবৈধ উপায়ে শিশু সংগ্রহ।

এই পর্যায়েই আসে - অম্বিকা।

এই প্রোজেক্টের প্রথম সফল সাবজেক্ট –

"সাবজেক্ট জিরো ওয়ান (Subject Z3RO One)"

তার মস্তিষ্কে স্থাপন করা হয় একটি আত্ম-শিক্ষণক্ষম নিউরাল চিপ, যেটি সময়ের সাথে সাথে নিজের ভিতরে বুদ্ধিমত্তা নিজেই তৈরি করতে পারে, শিখতে পারে, মানিয়ে নিতে পারে।

এই পরীক্ষাগুলোর জন্য দরকার ছিল আরও অনেক শিশু। আর তখন থেকেই শুরু হয় নিরুপম বসুর ভিতরের দ্বন্দ্ব। কারণ এই গবেষণার পথে একের পর এক শিশু মারা যেতে থাকে। সব পরীক্ষা সবসময়ে সফল হয়ে না। অনেক শিশু মস্তিষ্ক এই চাপ সহ্য করতে পারেনি।

নিরুপম বসু বুঝতে শুরু করেন -

এই প্রযুক্তি শুধু চিকিৎসা নয়।

এটা নিয়ন্ত্রণের হাতিয়ার হয়ে উঠছে।

আর তার থেকেও ভয়ংকর -

এই আত্ম-শিক্ষণক্ষম সিস্টেম, যদি কোনোদিন নিজের শেখার ক্ষমতাকে অন্যভাবে ব্যবহার করতে শুরু করে, তাহলে সেটার ফল সম্পূর্ণ অজানা।

সেই মুহূর্তেই কোডের রূপ বদলাতে শুরু করতে পারে। একটা প্রোগ্রাম ধীরে ধীরে হয়ে উঠতে পারে - একটা ভাইরাস।

২০১৯ সালের ডিসেম্বর মাসে পৃথিবী আরেকটি ভাইরাসের সাক্ষী হয়েছিল - "কোভিড"। সেই ভাইরাস মানুষের শরীরে ঢুকে গোটা পৃথিবীকে প্রায় থামিয়ে দিয়েছিল।

কিন্তু এই ভাইরাস শরীরে না, একেবারে মস্তিষ্কে ঢোকার জন্য তৈরি হচ্ছিল।

এই সবকিছুর মধ্যেই, এক সময়, কোনো এক অজ্ঞাত কারণে, হেলিক্স সিদ্ধান্ত নেয়-

অম্বিকার অস্তিত্ব মুছে ফেলতে হবে।

কেন? সেই উত্তর তখনও অজানা।

কিন্তু হয়তো - অম্বিকা আর শুধু একটি সাবজেক্ট ছিল না।

সে হয়ে উঠেছিল কিছু একটা অন্য।

৬। দ্বৈততা

১৪ জুলাই ২০৩০, কলকাতা, গড়িয়াহাট, দুপুর ২টো বেজে ২০ মিনিট

অনেকদিন পরে ভারতী দি আজ বাড়িতে আলু পোস্ত, ডাল, আর সঙ্গে মাছের ঝোল করেছে। এতদিন ধরে বাড়িতে মাছ-মাংস কিছুই আসছিল না। রিয়া এমনিতেই একটু ভেগান ডায়েট ফলো করে, কিন্তু মায়ের শরীরটা এখন আর আগের মতো নেই। ডাক্তার বলেছে প্রোটিন দরকার, শরীরকে সামলাতে হবে।

মনের সঙ্গে শরীরের একটা অদ্ভুত সম্পর্ক আছে।

মা এখন আবার স্কুলে যাচ্ছে, ক্লাস নিচ্ছে, বাইরে থেকে দেখলে সব স্বাভাবিকই লাগে, কিন্তু রিয়া খুব কাছ থেকে বুঝতে পারছে - বাবার চলে যাওয়ার পর মায়ের সেই ভেতরের শক্তিটা আর আগের মতো নেই। যেন মায়ের মনটা ধীরে ধীরে ক্লান্ত হয়ে পড়ছে, আর সেই ক্লান্তি শরীরেও ছড়িয়ে পড়ছে।

ডোভার লেনের এই থ্রি বেডরুম ফ্ল্যাটটা অনেক পুরোনো। বাইরের শহর যতই আধুনিক হোক, ভিতরের এই বাড়িটা যেন সেই গতিতে বদলায়নি। বাবার আর মায়ের তেমন বড় কোনো সখ ছিল না। মেইন ডোরে একটা ভিডিও ফোন, একটা ভালো ইন্টারনেট কানেকশন, আর একটা স্মার্ট টিভি - এইটুকুই আধুনিকতার চিহ্ন। রিয়ার নিজের অবশ্য একটা ভালো

স্মার্টফোন আর স্মার্ট ওয়াচ আছে, কিন্তু বাড়িটার ভেতরে এখনও একটা পুরোনো দিনের গন্ধ রয়ে গেছে।

এই ফ্ল্যাট থেকে কিছুটা দূরেই সাউথ সিটি কলেজ।

সেখানকারই কমার্সের স্টুডেন্ট আদিত্য গোস্বামী।

আদিত্যর সঙ্গে রিয়ার আলাপ হয়েছিল কমন ফ্রেন্ডদের মাধ্যমে। আদিত্যর বাড়ি বেনারসে, মা-বাবা সেখানেই থাকে, কিন্তু সে কেন বেনারস ইউনিভার্সিটিতে না পড়ে কলকাতার সিটি কলেজে কমার্স পড়তে এসেছে - সেটা আজও রিয়ার মাথায় পুরোপুরি ঢোকেনি। কাঙ্কুলিয়া রোডে একটা ছোট ওয়ান বেডরুম ফ্ল্যাট নিয়ে ভাড়া থাকে সে, রিয়াদের বাড়ি থেকে খুব দূরে না, আর সেই কাছাকাছি থাকার কারণেই হয়তো তাদের বন্ধুত্বটাও ধীরে ধীরে কাছের হয়েছে।

তাদের সম্পর্কটাকে ঠিক কী বলা যায় - সেটা কেউই পরিষ্কার করে বলতে পারে না।

একটা অদ্ভুত টান আছে, আবার একটা অদ্ভুত দূরত্বও আছে।

একসময় একা ভাড়া থাকা ছেলের বাড়িতে কোনো মেয়ের যাওয়া মানেই সমাজে হাজারটা কথা উঠত, এখন আর তেমন কিছু হয় না। রিয়াদের বাড়িতে আদিত্যরও অবাধ যাতায়াত। কবিতা বসুরও ছেলেটাকে ভালো লাগে, কিন্তু কোনোদিন তিনি রিয়ার সঙ্গে এই সম্পর্ক নিয়ে প্রশ্ন করেননি। তিনি জানেন - রিয়া যথেষ্ট পরিণত, সে যা করবে ভেবেচিন্তেই করবে।

৬। দ্বৈততা

রিয়া নিজেও পরিপক্ক, তবু আদিত্যকে নিয়ে তার নিজের ভিতরেই একটা দ্বিধা আছে। তারা কি সত্যিই কোনোদিন কাপেল হবে? নাকি বাবা-মায়ের মতো ভালো বন্ধু হিসেবেই থেকে যাবে? একদিকে বাইকে করে কলেজে যাওয়া, একসঙ্গে ক্যাফেতে কফি খাওয়া, সিনেমা হলে অন্ধকারে একে অপরকে জড়িয়ে বসে থাকা - আর অন্যদিকে মজা করে "ভাই" বলে ডাকা, পেছনে লাগা, অন্য ছেলে বা মেয়েকে নিয়ে ঠাট্টা - সব মিলিয়ে সম্পর্কটা যেন একটা অদ্ভুত সীমানায় দাঁড়িয়ে আছে।

বন্ধুরা অবশ্য তাদের কাপেল বলেই ধরে নিয়েছে।

যেখানে আদিত্য, সেখানেই রিয়া।

যেখানে রিয়া, সেখানেই আদিত্য।

আজ রবিবার।

খাওয়া শেষ করে রিয়া ঠিক করেছে আদিত্যর ফ্ল্যাটে যাবে। বালিগঞ্জের ফ্ল্যাট থেকে বাবার ডায়েরিটা সে নিয়ে এসেছে। পেট ভরে আছে, কিন্তু মাথার ভিতরটা কেমন খালি হয়ে উঠছে। কোনও হেঁয়ালিই মাথায়ে ঢুকছে না। এই ডায়েরি নিয়ে আদিত্যর সঙ্গে কথা বলা দরকার।

আদিত্য সারাদিন ল্যাপটপ, প্লে-স্টেশন, টেকনোলজি - এসব নিয়ে পড়ে থাকে। হয়তো কিছু একটা বুঝতে পারবে।

রিয়ার মনে বারবার একটা প্রশ্ন ঘুরছে -

এই ডায়েরির সঙ্গে বাবার আত্মহত্যার কোনো যোগ আছে কি? সেই উত্তর তাকে পেতেই হবে।

"আমি কিছু আটকাতে পারলাম না..."

কী আটকাতে পারেনি বাবা?

ভাইরাসটা কী?

ব্রেনের সঙ্গে ভাইরাসের সম্পর্ক কী?

বাবা তো নিউরোসায়েন্টিস্ট ছিলেন –

তাহলে এই ভাইরাস কি কম্পিউটারের? প্রোগ্রাম? নাকি বাইওলজিকাল? সংক্রমণ?

নাকি মানুষের মস্তিষ্কের?

সব মিলিয়ে রিয়ার মাথার ভিতরটা যেন একেবারে জট পাকিয়ে গেছে।

ব্রেনের নিউরনগুলো যেন একে অপরের সঙ্গে ধাক্কা খেয়ে শুধু ঘুরপাক খাচ্ছে।

১৪ জুলাই ২০৩০, কলকাতা, গড়িয়াহাট, দুপুর ৩টে বেজে ৩৫ মিনিট

আদিত্য সোফায় আধশোয়া হয়ে ঢুলু ঢুলু চোখে বলল –

"ভাই, আগে একটু কফি বানিয়ে দে না, তারপর তোর থ্রিলার গল্পটা শুনব।"

রিয়া একবার তাকাল।

মনে মনে ভাবল – এই ছেলেটার এই সিরিয়াসনেসের অভাবটাই হয়তো তাদের সম্পর্ককে সিরিয়াস হতে দিচ্ছে না। বাবার মৃত্যু, রিয়ার পাওয়া ডায়েরি এটা নাকি আদিত্যর কাছে গল্প।

তবু কিছু না বলে সে কিচেনে গিয়ে দু কাপ কফি বানিয়ে নিয়ে এল।

কাপটা হাতে দিয়ে বলল –

"নে, আগে কফি খা। তারপর বল, কী ভাবলি?"

আদিত্য এক চুমুক দিয়ে হালকা হেসে বলল –

"ভাবার কী আছে! তুই যখন বলছিস, কিছু একটা তো আছেই।"

রিয়া একটু বিরক্ত গলায় বলল –

"আরে, ডায়েরিটা পড়লি তো? কিছু বুঝতে পারছিস?"

আদিত্য মাথা নেড়ে বলল –

"না রে, যা বুঝলাম - কিছু সাংকেতিক ভাষা, কিছু কোড... আমার লেভেলের বাইরে। তবে ওই ছোট ছোট ছড়াগুলো পড়তে ভালো লাগল। কাকু কিন্তু দারুণ লিখত।"

রিয়া এবার একটু চুপ করে থেকে বলল -

"কী করি বল তো... আমার মনে হচ্ছে এর সঙ্গে বাবার আত্মহত্যার একটা যোগ আছে। ওই ছড়াগুলোও হয়তো ক্লু... আর যতক্ষণ না বুঝতে পারছি, মাথা থেকে কিছুতেই বেরোচ্ছে না।"

এইবার আদিত্য একটু সিরিয়াস হল।

সে উঠে এসে রিয়ার পাশে বসে তাকে হালকা করে নিজের দিকে টেনে নিল।

নরম গলায় বলল -

"বাবা-মা খুব নিজের হয় রে... তাঁদের জায়গা কেউ নিতে পারে না। বুঝতে পারছি তুই খুব চিন্তায় আছিস। হতে পারে ডায়েরিটা শুধু কাকুর রিসার্চেরই অংশ... তবু তুই যখন এতটা ফিল করছিস, আমি একজনকে দেখাতে পারি।"

রিয়া মাথা তুলে তাকাল -

"কে? আমি চিনি? তাহলে হোয়াটসঅ্যাপে দু-একটা ছবি পাঠিয়ে দে না।"

আদিত্য একটু থেমে বলল -

"ওটাই সমস্যা... ওর সাথে দেখা দেখা করতে হলে, তোকে আমার সঙ্গে বেনারস যেতে হবে। আমাদের বাড়িতেই আমার

এক পিসতুতো দাদা থাকে। দাদা মোবাইল ব্যবহার করে না, অনেকদিন বলেছি, কিন্তু শোনে না, বই খাতা এসব নিয়ে থাকে... তবে এই টাইপের জিনিসে ওর মাথা খুব পরিষ্কার।”

রিয়া কিছুক্ষণ চুপ করে রইল।

তারপর ধীরে বলল –

“জানি না কী বলব... কিন্তু মনে হচ্ছে যাওয়া উচিত। তুই বল, কবে যাব?”

তারপর একটু হেসে যোগ করল –

“আর তোর বাড়ির লোকজনই বা কি বলবে? কলকাতা গিয়ে মেয়ে নিয়ে ঘরে এসেছে, আমি কিন্তু তোর ওপর ভরসা করি... তুই যেন কিছু উল্টোপাল্টা না করিস।”

আদিত্য হেসে বলল –

“ও তাই? আমাকে আর কিছুই দেখাবি না?”

রিয়া হেসে বলল –

“একটা চাঁটি খাবি! তোর জন্য ওই ভার্চুয়াল গেমের ভার্চুয়াল মেয়েই ঠিক আছে।”

কথা বলতে বলতে কখন যে দূরত্বটা কমে গেছে, দুজনেই টের পায়নি।

আদিত্যর চোখ রিয়ার চোখে স্থির।

রিয়ার নিঃশ্বাসে মিশে আছে হালকা পারফিউমের গন্ধ।

ভ্যানিলা আর প্যাশন ফ্রুটের মিশ্রণে মোহে ভরা সেই গন্ধ–

এই পারফিউমটাই আদিত্য আগের জন্মদিনে নিজের পকেটমানি বাঁচিয়ে কিনে দিয়েছিল - ভিক্টোরিয়াস সিক্রেট এর "বম্বশেল"।

এই মুহূর্তে আদিত্যর ইচ্ছে করছে -

সময়টা একটু থেমে যাক।

আর একটু কাছাকাছি আসুক তারা। রিয়ার ঠোঁটে ঠোঁট রাখতে ইচ্ছে করছে আদিত্যর, ইচ্ছে করছে জড়িয়ে ধরে রাখতে আরও এক-দেড় ঘন্টা।

৭। মৃত্যুঞ্জয়ী নগরী

২৭ জুলাই ২০৩০, বেনারস, মান মন্দির, সকাল ৭টা ১২ মিনিট

এই শহরে কেউ মরতে আসে না, এই শহরের মৃত্যু নেই - এমন কথাই প্রচলিত আছে বহুদিন ধরে। পৃথিবীর সবচেয়ে প্রাচীন শহরগুলোর মধ্যে কাশীর নাম প্রথম সারিতেই আসে। মান মন্দিরের দিক থেকে সকালবেলা বারাণসীর ঘাটগুলোর দিকে তাকালে আজও মনে হয়, সময় এখানে সোজা পথে হাঁটে না, বরং একই সঙ্গে বহু শতাব্দী পাশাপাশি বেঁচে থাকে।

শহরটা এখন অনেকটাই বদলেছে। রাত নামলে নিওন আলোয় ঝলমল করে ওঠে ঘাটের ধাপ, দশাশ্বমেধ ঘাটে সন্ধ্যার আরতির সঙ্গে এখন ড্রোনের শো-ও হয়, পুলিশের পাহারায় থাকে ক্যামেরা-লাগানো ড্রোন, গোধুলিয়া চক, বিশ্বনাথ গলি, ঠাটের মোড় - সর্বত্রই আধুনিক নিরাপত্তা ব্যবস্থার ছাপ। তবু সেই একই শহরে ভোরবেলা চায়ের দোকানে রিয়া দেখেছে, সে যখন কিউ-আর-কোডে চায়ের দাম মেটাচ্ছে, তখন তার আগের লোকটা দোকানদারের হাতে পুরোনো দশ টাকার কয়েকটা কয়েন গুঁজে দিল। ঘাটে দেখা যায়, একজন পুরোহিত বসে গীতা পাঠ করছেন, আর তাঁর পাশেই আরেকজন আধুনিক সন্ন্যাসী ট্যাব হাতে কারও ঠিকুজি-কুষ্ঠি বিচার করছেন, ঝকঝকে এল-ই-ডি

বিজ্ঞ্যাপনের পাশেই দাঁড়িয়ে থাকে প্রকাণ্ড সাইজের এক কালো ষাঁড়।

এই শহরের মধ্যেই পাশাপাশি মিলেমিশে থাকে পৌরাণিকতা আর ভবিষ্যৎ।

মা কে বোঝানো আর রাজি করানো অত সহজ হয়নি। আদিত্যকে সাহায্য নিতে হয়েছিল পাশের বাড়ির এক দিদির, সে বেনারস ইউনিভার্সিটির ছাত্রী। অনেক বুঝিয়ে, ঘুরিয়ে, ভুজুম-ভাজুম দিয়ে বলা হয়েছে - রিয়ার নাকি একটা প্রোজেক্টের কাজে কয়েকদিনের জন্য বারাণসী যাওয়া দরকার। রিয়ার খুব ইচ্ছে ছিল দশাশ্বমেধের কাছের কোনো পুরোনো গেস্ট হাউসে থাকার, বিশেষ করে সেই ফেলুদার সিনেমা, সেই *জয় বাবা ফেলুনাথ*, সেই সত্যজিত রায়ের শহরটাকে কাছ থেকে অনুভব করার জন্য। কিন্তু বাধ সাধল আদিত্য। ঘাটের কাছে এখনও অনেক পুরোনো বাড়ি, রাতেও লোক চলাচল থাকে, নিরাপত্তা পুরো তার মনমতো নয় - এই বলে এমন তর্ক করল যে শেষে রিয়াকে একটু দূরের হোটেল সাহুতেই ঘর নিতে হল।

ছেলেটাকে বোঝানো গেল না যে ভারতবর্ষ বদলেছে, এখন মেয়েরা একা ঘোরে, একা ভ্রমণ করে, মাঝরাতেও বেরোয়, সিগারেট খায়ে, ছেলেদের থেকে বেশি জিমে যায়ে, পোশাক নিয়ে সমাজের দৃষ্টি অনেকটাই বদলেছে, সরকারের শাসনও বেড়েছে। তবু আদিত্যর এই গার্জিয়ান-গার্জিয়ান ভাব, এই অতিরিক্ত খেয়াল, আন্তরিক কেয়ার - কোথাও রিয়ার মনে একটু হলেও নরম রেখা টেনেছে, এই টান টাই রিয়ার কাছে ভালো লাগা, ভালোবাসা।

রিয়া আর আদিত্য কাল সকালেই পৌঁছেছে। আদিত্যদের বাড়ি রামনগর ফোর্টের কাছে, নদী পেরোতে হয়, তবে তার এখানেও একটা বাইক আছে। কাল বিকেলেই সে রিয়ার সঙ্গে দেখা করে গেছে, সঙ্গে বাড়ি থেকে রাতের খাবারও এনে দিয়েছে। বাবার ডায়েরিটা কাল আদিত্য নিয়ে গেছে তার দাদাকে দেখাবে বলে। দাদা সময় পেলে একটু দেখে নিলে আজ কথা বলতে সুবিধা হবে - এমনটাই বলেছিল সে।

কিন্তু রিয়ার ঘুম আর হল কই। সারা রাত ডায়েরির কথা, বাবার কথা, সেই শেষ লাইন - "ভাইরাসটা এখন চিন্তা করতে শিখে গেছে" - সব মিলিয়ে মাথার ভিতর একটা অদ্ভুত গোলকধাঁধা তৈরি হয়েছিল। কাল সন্ধেবেলা ঘাটে বসে আদিত্যর সঙ্গে আরতিও দেখেছিল সে, তবু মনের ভিতরের অস্বস্তি কাটেনি। আজ সকাল দশটা নাগাদ আদিত্য আসবে বলেছে, তারপর নিয়ে যাবে তার সেই দূর সম্পর্কের দাদার কাছে।

চায়ের দোকান থেকে ফিরে আসার পথে রিয়া দেখেছে, কচুরি ভাজার জোর প্রস্তুতি চলছে। কড়াইয়ে ফুলে ওঠা কচুরির দৃশ্যটা দেখে তার হঠাৎ কলকাতার কথা মনে পড়ল। কলকাতায় এখন আর সেই পুরোনো ঢঙে খুব একটা কচুরি ভাজা দেখা যায় না। ফেরার পথে কচুরি কিনে নেবে সে - এমনটাও ভেবে রাখল মনে মনে। পৃথিবী যতই আধুনিক হোক, বাঙালির মনটার মধ্যে সেই চায়ের ভাঁড়, সকালের কচুরি, টুকটাক রবীন্দ্রসংগীত, আর অদ্ভুত নস্টালজিয়া - এসব সবসময় কোথাও না কোথাও রয়েই যায়। বারাণসীর সঙ্গেও যেন বাঙালির এক অদ্ভুত মিল আছে - একদিকে প্রাচীনতা, অন্যদিকে খামখেয়ালি আধুনিকতা।

২৭ জুলাই ২০৩০, বেনারস, পঞ্চবটী রোড, দুপুর ৩টে

পঞ্চবটী রোডের বড় দোতলা বাড়িটার একতলার কোনার ঘরেই থাকে অনির্বাণদা - আদিত্যর দূর সম্পর্কের সেই দাদা। দুপুরের খাওয়াদাওয়া, আদিত্যর মা-বাবার সঙ্গে দীর্ঘ আলাপ, কিছু পারিবারিক কথা, কিছু প্রশ্নোত্তর - সব মিলিয়ে দাদার কাছে পৌঁছতে পৌঁছতে তিনটে বেজে গেল।

দেখতে দাদাকে খুব সাধারণ, পরিপাটি, ভদ্র ছেলের মতো। আদিত্যর মতো এলোমেলো না, অনেক বেশি গোছানো, অনেক বেশি ম্যাচিউর। চোখে চশমা, গলায় মাপা স্বর, এমন ধরনের মানুষ, যাকে দেখে সহজেই মনে হতে পারে - এই মানুষটাকে ভরসা করা যায়।

ঘরে ঢুকতেই দাদা প্রথমে রিয়ার কুশল জিজ্ঞেস করল। তারপর টেবিলের ওপর থেকে রিয়ার বাবার ডায়েরিটা তুলে নিয়ে তার দিকে তাকিয়ে বলল,

"রিয়া, কাল এই ডায়েরিটা একটু দেখেছি। আদিত্যর কাছে মোটামুটি সব শুনেছি। তুই তো বায়োটেকনোলজির স্টুডেন্ট, কিছু বুঝেছিস?"

রিয়া মাথা নাড়িয়ে বলল,

"না দাদা, তেমন কিছুই বুঝতে পারিনি। তাই তো তোমার কাছে আসা।"

দাদা ডায়েরিটা খুলে আস্তে আস্তে পাতা ওলটাতে ওলটাতে বলল,

“দেখ, সোজা কথা বলতে গেলে, আমিও মাথামুণ্ডু কিছু বুঝিনি। তবে কিছুটা আন্দাজ করতে পেরেছি। তার আগে তোর একটা জিনিস জানা দরকার। আদিত্য তোকে আমার পরিচয় পুরোটা খুলে বলেনি। তোকে সাহায্য করতে গেলে, আমাকে আর একজনের সাহায্য নিতে হবে। কিন্তু যার কথা বলব, তার পরিচয় পুরোপুরি গোপন রাখতে হবে। পারবি?”

রিয়া এক মুহূর্তও দেরি না করে বলল,

“পারব দাদা। কেন পারব না? আমি সত্যিই জানতে চাই, বাবা এই ডায়েরিতে কী তথ্য রেখে গেছেন।”

দাদা এবার আদিত্যর দিকে তাকিয়ে বলল,

“ঠিক আছে। দরজাটা বন্ধ কর। আর রিয়া, আজ আমি তোকে যা বলব, সেটা আমাদের তিনজনের মধ্যেই থাকবে। শুনতে সিনেমার গল্পের মতো লাগতে পারে, কিন্তু এই ঘরের বাইরে যেন কেউ কোনোদিন জানতে না পারে।”

রিয়া একটু চুপ করে রইল। তার মুখে কৌতূহল, ভয়, আর অদ্ভুত এক টানটান উত্তেজনা একসঙ্গে। তারপর সে মৃদু হেসে বলল,

“ঠিক আছে দাদা। কথা ভাঙব না। আদিত্যর দিব্যি।”

আদিত্যর দিকে তাকিয়ে এমনভাবে বলল সে, যেন কথা ভাঙলে আদিত্যরই ক্ষতি হবে। আদিত্য শুধু ঠোঁটের কোণে হালকা হাসি টানল।

দাদা এবার গল্পের ভঙ্গিতে শুরু করল।

"দেখ, ২০২০ সালের দিকে পুরো ভারতবর্ষে একজন হ্যাকটিভিস্ট খুব নাম করেছিল। বয়সে প্রায় বাচ্চা ছেলে, কিন্তু হ্যাকিং-এ অসাধারণ। তবে হ্যাকার আর হ্যাকটিভিস্ট এক জিনিস না। হ্যাকার অনেক সময় খারাপ কাজের জন্য সিস্টেম ভাঙে, আর হ্যাকটিভিস্টের উদ্দেশ্য হয় উল্টো - ভুল ধরা, অপরাধ ফাঁস করা, ভিতরের নোংরামিটা সামনে আনা। হ্যাকিং জগতে ছেলেটার নাম ছিল - *ডীপ ওয়ার্ডেন।*"

রিয়া জিজ্ঞেস করল,

"কী করত সে?"

দাদা বলল,

"ডার্ক ওয়েবে ঢুকতে পারত, যে কোনো সিস্টেমে ঢুকে তথ্য বের করে আনতে পারত, তারপর সেই তথ্য সরকারকে বা নির্দিষ্ট এজেন্সিকে পৌঁছে দিত। অস্ত্র কেনাবেচা, ফিনান্সিয়াল হ্যাকিংয়ের চেষ্টা, কল সেন্টার স্ক্যাম, আইডেন্টিটি থেফট, চাইল্ড ট্রাফিকিং, স্মাগলিং, ডেটা লিক, এমনকি দেশের ভিতরে ছোটখাটো সন্ত্রাসী পরিকল্পনার খবর - এসব বহুবার তার মাধ্যমে ফাঁস হয়েছে।"

রিয়ার চোখ চকচক করে উঠল।

"বাহ! এ তো খুব ভালো কাজ।"

দাদা মাথা নেড়ে বলল,

"ভালো কাজ ছিল বটে, কিন্তু ভালো কাজ সবসময় নিরাপদ হয় না। দেশের নিরাপত্তা নিয়ে যারা কাজ করে - যেমন র,

ইন্টেলিজেন্স ব্যুরো, ডিফেন্স ইন্টেলিজেন্স এজেন্সি, এনটিআরও, ফিনান্সিয়াল ইন্টেলিজেন্স ইউনিট - এদের পেছন থেকে তথ্য জোগানোই ছিল ডীপ ওয়ার্ডেনের কাজ। তবে সে একা ছিল না। এরকম আরও কয়েকজন মিলে একটা গ্রুপ বানিয়েছিল - সিভ-ইন্টেল (CivIntel), মানে সিভিলিয়ান ইন্টেলিজেন্স কালেকটিভ (Civilian Intelligence Collective)"

রিয়া এবার একটু ঝুঁকে এসে বলল,

"মানে, অনেকটা স্পাই?"

দাদা হেসে বলল,

"স্পাই পুরোপুরি না। বরং বলা যায়, ইনফরমার - তবে খুব উচ্চমানের। যারা সিস্টেমের বাইরে থেকেও সিস্টেমকে তথ্য দেয়।"

রিয়া আবার বলল,

"তারপর?"

এবার দাদার মুখের ভাব একটু বদলে গেল।

"তারপর সমস্যা হল রাজনীতি। হ্যাকটিভিস্ট যদি সত্যি সত্যি ভুল ধরতে যায়, তাহলে সে শুধু অপরাধীদেরই ধরবে না, বড় মানুষদেরও ভুল ত্রুটি ধরবে। সে যদি দেখে ব্রিজ তৈরির টাকার নামে কোটি কোটি টাকার লেনদেন হচ্ছে, কিন্তু নির্মাণে গাফিলতি থাকছে, তারপর ব্রিজ ভেঙে পড়ছে - তাহলে সে সেই সব নেতা, কর্পোরেট প্রধান, ঠিকাদার, এমএলএ - সবার পেছনেই লাগবে। আর ঠিক সেটাই হয়েছিল।"

রিয়া কপাল কুঁচকে বলল,

"তার মানে রাজনৈতিক মহলের লোকজন এর বদলা নিল?"

"অবশ্যই," দাদা বলল। "ওকে সংবাদমাধ্যমে হ্যাকার বলে হেয় করা হল, পুলিশ পেছনে লাগল, রাজনৈতিক মহল তাকে বিপজ্জনক বলে চালাতে শুরু করল। যেটা একটা প্যাশন আর নেশা দিয়ে শুরু হয়েছিল, সেটাই আচমকা খুব সিরিয়াস হয়ে গেল।"

রিয়া এবার ধীরে বলল,

"তারপর? পুলিশ?"

দাদা একটু হাসল, কিন্তু সেই হাসিতে উষ্ণতা ছিল না।

"না, ধরতে পারেনি। কারণ তখন খেলা অন্য জায়গায় চলে গেছে। দেশের যে সব সংস্থা সত্যিই নিরাপত্তা নিয়ে কাজ করে, তারা তো অভ্যন্তরীণ রাজনীতি ঘাঁটাতে যাবে না, কিন্তু একথাও ঠিক, ওর মতো একজনকে হাতছাড়াও করতেও চাইবে না। কাজেই, ওকে বাঁচিয়ে রাখা হল - তবে অন্য পরিচয়ে। রাতারাতি ডিজিটাল ফুটপ্রিন্ট সরিয়ে দেওয়া হল, নাম পাল্টে গেল, পাসপোর্ট পাল্টে গেল, তারপর এক বছরের জন্য বিদেশে পাঠিয়ে দেওয়া হল। কিছুদিন পর দেশের সব কাগজে খবর বেরোল - সেই হ্যাকটিভিস্ট মৃত।"

রিয়া নিঃশ্বাস বন্ধ করে শুনছিল।

দাদা এবার নিচু গলায় বলল,

"কিন্তু সে মারা যায়নি। বিদেশ থেকে ফিরে এসে সে অন্য পরিচয়ে কাজ শুরু করল। তখন সে সরকারি পে-রোলে, একজন এনালিস্ট হিসেবে। সামনের সারিতে না, পেছন থেকে। কাজ - তথ্য দেওয়া, তবে নির্দিষ্ট সীমানার মধ্যে, নির্দিষ্ট এনক্রিপ্টেড রিসোর্স ব্যবহার করে, সম্পূর্ণ গোপন পরিচয়ে।"

রিয়ার চোখে তখন বিস্ময় আর উত্তেজনা পাশাপাশি।

"তাহলে... সে কি আমাদের সাহায্য করবে? তুমি তাকে চেনো কী করে?"

দাদা একটু চুপ করে রইল। মাথা নামিয়ে আনল। তার গলার স্বর আরও নিচু, আরও ভারী হয়ে এল।

"চিনি। কারণ সেই ছেলেটাই আমি।"

ঘরের বাতাস যেন হুট করে থেমে গেল।

দাদা খুব আস্তে বলল,

"আমি অনুরাগ হালদার। বর্তমানে আদিত্য চক্রবর্তীর পিসতুতো দাদা, নতুন নাম অনির্বাণ চক্রবর্তী। আসলে সম্পর্কে আমি ওর দুর সম্পর্কের মাসতুতো ভাই - সেই গল্প আজ থাক।"

রিয়া হাঁ হয়ে প্রথমে দাদার দিকে, তারপর আদিত্যর দিকে তাকিয়ে রইল।

আদিত্য একেবারে নির্বিকার মুখে বসে আছে, যেন এমন কথাই সে প্রতিদিন শোনে। একমনে পেনের ঢাকনা দিয়ে কান চুলকোচ্ছে।

রিয়া অবিশ্বাসের গলায় বলল,

"কি রে? তুই জানতিস?"

আদিত্য কাঁধ ঝাঁকিয়ে বলল,

"নাহ। আর তুইও কিছু জানিস না। এখনো না, আর কোনোদিনই না। এবার চুপচাপ শোন"

রিয়া আর কিছু বলল না।

বাইরে তখন বারাণসীর দুপুর নেমে এসেছে, পুরোনো বাড়ির বারান্দায় আলো বদলাচ্ছে, দূরে কোথাও মন্দিরের ঘন্টা বাজছে। আর ঘরের ভিতরে, বহুদিনের চাপা একটা পর্দা ধীরে ধীরে সরে যেতে শুরু করেছে।

বেনারস - এই শহরে সত্যিই হয়তো এমন কিছু ঘাট আছে, যেখানে মৃত্যু স্থায়ী নয়, যেখানে চেতনা আবার ফিরে আসে, স্মৃতি আবার জেগে ওঠে, আর কিছু সত্য অন্য মাত্রায় পৌঁছে যায়।

৮। হারিয়ে যাওয়া মানুষেরা

১ জুলাই ২০১৮, কাঠমান্ডু, নেপাল, সকাল ১১টা ২০ মিনিট

দুষ্টুমি-ভরা হাসি আর চোখের গভীরে অজস্র প্রশ্ন নিয়ে গৌরিঘাট এলাকার সরু গলিগুলোতে তখন বর্ষার আগের হাওয়া বইছিল। গলির দুই ধারে ছোট ছোট দোতলা বাড়ি, রঙচটা কাঠের জানালা, ছাদের ওপর শুকোতে দেওয়া কাপড়, আর নিচের বারান্দায় বসে থাকা বয়স্ক প্রতিবেশীরা - সব মিলিয়ে জায়গাটা ছিল খুব সাধারণ, খুব চেনা, খুব ঘরোয়া। সন্ধ্যা নামলে এই গলির মধ্যেই ছেলেমেয়েরা ছুটোছুটি করত, আর পেছনের সেই আদা-চায়ের দোকান থেকে ভেসে আসত ধোঁয়া আর মশলার গন্ধ। মায়াবী ছিল সবার প্রিয় মেয়ে - কথার ঝরনা, হাসিখুশি, কৌতূহলী, এমন এক বাচ্চা মেয়ে, যার উপস্থিতিতে গলিটা যেন একটু বেশি উজ্জ্বল হয়ে উঠত।

এই সহজ, ছোট্ট, কৌতূহলী জীবনের মধ্যেই জন্ম নিয়েছিল বারো বছরের মায়াবীর আরেক কৌতূহল - এক অনুচ্চারিত অনুভূতি, প্রথম ভালোবাসার আদুরে, অনভিজ্ঞ, একটু বোকা, একটু কল্পনায় ভরা কাহিনী।

আজ রবিবার। আর ঠিক সাতদিন পর মায়াবীর জন্মদিন। গলিতে আজও সেই চেনা ছন্দ - কারও ছাদে কাপড় মেলা

হচ্ছে, কেউ সকালের জলখাবার খেতে খেতে বাচ্চার হোমওয়ার্ক করাচ্ছে, কোথাও একটা ছেলে ব্যাট-বল হাতে বেরিয়ে গেছে। মায়াবীর দিনটাও অন্য দিনের মতোই শুরু হয়েছিল, তবু আজ সকাল থেকেই তার মনটা যেন একটু অন্যরকম। উত্তেজনা আছে, লজ্জা আছে, আবার এক অদ্ভুত কৌতূহলও আছে।

বিকাশ, গৌরিঘাটের একটু দূরের এক স্কুলের ছাত্র, বয়সে মায়াবীর চেয়ে বেশ কয়েক বছর বড়। তার সঙ্গে প্রথম দেখা হয়েছিল পশুপতিনাথ মন্দিরের পেছনে, বাগমতী নদীর ধারের ঘাটে। সেদিন মায়াবীর গলা থেকে একটা স্কার্ফ পড়ে গিয়েছিল, বিকাশ সেটা তুলে দিয়েছিল। তারপর খুব আস্তে, খুব স্বাভাবিকভাবে মুচকি হেসেছিল। সেই হাসিটাই ছিল মায়াবীর কাল। সেই একটুখানি মায়া, সেই একটুখানি চেয়ে থাকা, সেই একটুখানি মনোযোগ - বারো বছরের একটা মেয়ের মনে সিনেমার হিরোর মতো জায়গা করে নেওয়ার জন্য সেটুকুই যথেষ্ট।

তারপর আরও তিনবার দেখা হয়েছিল। কখনও মন্দিরের কাছে, কখনও পাথরের সিঁড়িতে, কখনও চতুর্মুখী শিবলিঙ্গের পাশে, কখনও বা নিচের চায়ের দোকানের ধারে। বিকাশের চোখ যেন বারবার মায়াবীর চোখেই ফিরে আসত। সে খুব বেশি কথা বলত না, কিন্তু সেই চেয়ে থাকাটার মধ্যেই একটা টান ছিল, একটা রহস্য ছিল, একটা অভ্যাস তৈরি হয়ে গিয়েছিল।

আজ আবার মায়ের সঙ্গে মন্দিরে যাবে মায়াবী। তার ইচ্ছে, আগের মতো আবার স্কার্ফটা ফেলবে, যেন আবার দেখা হয়,

যদি আজ কথা বলে বিকাশ, যদি আজ নাম জিজ্ঞেস করে, যদি আজ গল্পের শুরুটা সত্যি সত্যি হয়।

পশুপতিনাথের চারপাশে ধূপ, ফুল আর নদীর গন্ধ মেশানো যে আবহাওয়া, সেটা মায়াবীর কাছে সবসময়ই রহস্যময় লাগত। মন্দিরে এসে মা যখন পূজায় ব্যস্ত হয়ে পড়লেন, তখন মায়াবী বলল, একটু নিচে দোকানগুলোর দিকে যাচ্ছে, আধঘণ্টা পরে ফিরে আসবে। মা তেমন কিছু ভাবলেন না। এতদিনের চেনা জায়গা, চেনা ভিড়, চেনা শহর - কে জানত, সেই চেনা জায়গাটাই অচেনা ফাঁদ হয়ে আছে?

গলির মুখেই আবার দেখা হল। চোখে সেই একই খেলা। বিকাশ একটু দূরে দূরে হাঁটছিল, মায়াবী তার পেছনে। কে কাকে অনুসরণ করছিল, তা কে জানে। এই হাঁটাটাই কি ভালোবাসা? না কি নিছক কৌতূহল? না কি এমন এক বিশ্বাস, যা এই বয়েসে কিছু বুঝে ওঠার আগেই তৈরি হয়ে যায়?

বিকাশ একটু এগিয়ে গেল। হয়তো কিছু বলবে। হয়তো বলবে না। মায়াবীর বুকের ভিতর কেমন ধকধক করছিল। গলির ভেতরে দু-একটা গাড়ি দাঁড়িয়ে ছিল। গলির প্রায় শেষে হঠাৎ একটা সাদা ভ্যানের দরজা খুলে গেল। সবকিছু এত দ্রুত ঘটল যে বোঝার সময়ই পেল না মায়াবী। ভিতরে থাকা তিনজন লোক তাকে টেনে ভ্যানে তুলে নিল, মুখে কাপড় চেপে ধরল। তার আগেই বিকাশ অন্য এক গলির দিকে এগিয়ে বেরিয়ে গেছে।

বিকাশ ছিল ভাঙা পরিবারের ছেলে। মা ছেড়ে চলে গেছে, বাবা নেশায় ডুবে থাকে। পড়াশোনার সময় তার মধ্যেও একটা ভবিষ্যতের আশা ছিল, কিন্তু সেই জীবন টেকেনি। মা চলে যাওয়ার পর বেঁচে থাকার যুদ্ধই হয়ে উঠেছিল একমাত্র সত্যি। খেতে হবে, টাকা জোগাড় করতে হবে, আর সেই প্রয়োজনের মধ্যেই সে জড়িয়ে পড়েছিল এক পাচারচক্রের ছায়ায়। তার কাজ ছিল বাচ্চাদের ফাঁদে ফেলা। কাজের বদলে কিছু টাকা পাওয়া যেত। অনেকের কাছে বেঁচে থাকাটাই যখন বড় এক যুদ্ধ, তখন ঠিক-ভুলের হিসেবটা ধীরে ধীরে মিলিয়ে যায়ে।

প্রথমে সে এসবকে খেলা ভেবেছিল। তারপর অভ্যাস হয়ে গেছে।

কিন্তু মায়াবী ছিল একটু আলাদা।

দূর থেকে তার চটপটে কথা, হাসিমুখ, চোখের মধ্যে কৌতূহলী প্রশ্ন - সবকিছুই বিকাশের ভিতরে এমন একটা জায়গায় হাত দিয়েছিল, যেটা সে অনেকদিন ব্যবহার করেনি। তার নিজেরও তো বয়স সবে সতেরো। তবু সে জানে, এদের কথা না মানলে তাকেও একদিন গুম হয়ে যেতে হবে। সে শুধু দালাল না, সে-ও শিকার - এই সত্যিটা কাউকে বলা যায় না।

রাতে ঘরে ফিরে কান্না আর আটকে রাখতে পারল না বিকাশ। এই প্রথম কোনো মেয়ে তার প্রেমে পড়েছিল, বা অন্তত সে তাই বিশ্বাস করতে চেয়েছিল। এর আগে সে কখনও এই বেদনা অনুভব করেনি। আয়নায় নিজের চোখের দিকে তাকাতে

লজ্জা লাগছিল তার। নিজেকেই বারবার প্রশ্ন করতে ইচ্ছে করছিল–

"তুই কি শুধু দালাল?

না তোর মধ্যে সত্যিকারের বিকাশ এখনও কোথাও বেঁচে আছে?"

দূরে মায়াবীর বাড়িতে তখন শোকের ছায়া। পুলিশ আসছে–যাচ্ছে। ধূপের গন্ধের সঙ্গে মিশে গেছে মায়াবীর মায়ের কান্না আর বাবার দিশেহারা চিৎকার। আর বিকাশের বাড়িতেও নেমে এসেছে অন্য রকম স্তব্ধতা - তার বাবার সস্তা মদের বোতল, ঘরের কোণে জমে থাকা অন্ধকার, আর বিকাশের মুখে এক অদ্ভুত নিরাশা।

সে খুব ভালো করেই বুঝতে পারল - আজ শুধু মায়াবী মহার্জন হারিয়ে যায়নি।

মায়াবীর সঙ্গে সঙ্গেই হারিয়ে গেল বিকাশ শ্রেষ্ঠর প্রথম প্রেম, অবুঝ ভালোবাসা, আর তার ভিতরে বেঁচে থাকা মানবিকতার শেষ টুকরোটা।

২৫ জুন ২০৩০, হাকাতা, জাপান, সকাল ৯টা ১৫ মিনিট

স্মৃতি মুছে ফেলতে পারলেই কি মানুষ আকাশের পাখির মতো মুক্ত হয়ে যায়?

নাকি আমরা শুধু নিজেদের খাঁচাটা বদলাই, নতুন রঙ করি, নতুন নাম দিই, আর ভেবে নিই - পুরোনো জীবন শেষ?

হাকাতা বড় শহর না, কিন্তু জাপানের শহর মানেই গুছিয়ে নেওয়া জীবন। এখানেই নিজের মতো করে একটা ছোট্ট, লম্বাটে, প্রায় একশো পঞ্চাশ স্কোয়ার ফিটের ঘর সাজিয়ে নিয়েছে ইও ইশিকাওয়া। ঘরে তেমন কিছু নেই - একটা ছোট স্টোভ, দেরাজে কয়েক সেট জামাকাপড়, দু-একটা কোট, টেবিলের ওপর বাসনপত্র, আর ঘর লাগোয়া ছোট্ট বাথরুম। পানীয় জলেরও আলাদা জটিলতা নেই, জাপানের জলশুদ্ধিকরণ নিয়ে নতুন করে কিছু বলার নেই। এইভাবেই অনেক মানুষ জাপানের এই ছোট ছোট ঘরের ভেতরে নিজেদের জীবনকে মেপে নেয়, গুছিয়ে নেয়, চুপচাপ বেঁচে থাকে।

ইও ইশিকাওয়াও তেমনই একজন। ছোট্ট এক কোম্পানির পিক-আপ ট্রাক চালায়। রাতের অন্ধকারে ডেলিভারি দেওয়া তার কাজ। বয়স এখন একচল্লিশ। মুখটা যেন পুরোনো অয়েল পেইন্টিংয়ের মতো - তুলির টান আছে, গড়ন আছে, কিন্তু রঙ কিছুটা ম্লান হয়ে গেছে। চুলে হালকা সাদা রেখা, চোখের নীচে

অনিদ্রার কালি, তবু চোখদুটো এখনও তীক্ষ্ণ। যেন বহু বছর ধরে সে কোনো এক অমীমাংসিত প্রশ্নের উত্তর খুঁজে চলেছে।

আজকের দিনটা তার কাছে আলাদা।

সে বিচলিত।

গতকাল নিউ ইয়র্ক, লন্ডন আর টোকিও - এই তিন শহরে একই সময়ে তিনজন মেট্রোর লাইনে ঝাঁপ দিয়ে আত্মহত্যা করেছে। খবরটা দাবানলের মতো ছড়িয়ে পড়েছে। বিশ্বজুড়ে টেলিভিশন চ্যানেল, নিউজ পোর্টাল, বিশ্লেষক - সবাই একটাই প্রশ্ন করছে, এই "জিরো" কী? কেন তিন জায়গায় একই সময়ে এমন ঘটনা ঘটল?

অনেকেই ২০১৬-১৭ সালের "ব্লু হোয়েল চ্যালেঞ্জ"-এর কথা টানছে। সেই রহস্যময় ইন্টারনেট গেম, যেখানে নাকি পঞ্চাশ দিনের টাস্কের শেষে আত্মহত্যা করতে বলা হত। কেউ বলে সেটা সত্যি ছিল, কেউ বলে ভয়ংকর মিডিয়া-গুজব। কিন্তু সেই ঘটনাটা মানুষের চোখে আঙুল দিয়ে দেখিয়েছিল - মন খারাপ, একাকিত্ব, প্রভাব, নির্দেশ - এসব মিলে মানুষকে কোথায় নামিয়ে আনতে পারে। আজ আবার সেই কথাই উঠছে। "জিরো" কি তেমনই কোনো চ্যালেঞ্জ গেম?

কিন্তু ইও ইশিকাওয়া জানে - জিরো কোনো সস্তা গেম না।

সে আরও ভালো করে জানে, এই ঘটনার সঙ্গে তার অতীত জড়িয়ে আছে। জিরো গেমের থেকে বেশ কয়েক ধাপ এগিয়ে থাকা এক জাদু, আর সেই জাদুর আসল জাদুকর সে নিজে।

কালকের খবর তাকে ভিতর থেকে নাড়িয়ে দিয়েছে। তার মনে হচ্ছে - সে কি ভুল করেছিল? অনেক বছর আগে যে সিদ্ধান্ত সে নিয়েছিল, সেটা কি একদিন এমন করেই ফিরে আসার কথা ছিল? নাকি সে ঠিক? জিরোর প্ল্যানে বিশ্বাস রাখাই হয়তো একমাত্র রাস্তা।

এক সময়ে ইশিকাওয়া ছিলেন জাপানের অন্যতম প্রতিশ্রুতিশীল নিউরোসায়েন্টিস্ট। টোকিও ইউনিভার্সিটির গবেষণাগার, আন্তর্জাতিক কনফারেন্স, নিউরাল রিজেনারেশন নিয়ে বিতর্ক, বৈজ্ঞানিক আলোচনা - এগুলোই ছিল তার প্রতিদিনের জীবন। নিউরাল প্লাস্টিসিটি নিয়ে এমন এক গবেষণায় তিনি কাজ করছিলেন, যেখানে মানুষ নিজের ট্রমার স্মৃতি মুছে ফেলতে পারে। গবেষণার সাফল্য, সম্ভাবনা, উত্তেজনা - সবই ছিল।

হেলিক্স ডাইনামিকসে যোগ দেওয়ার সময় তার বয়স মাত্র ছাব্বিশ। নিরুপম বসুর অধীনে জুনিয়র হিসেবে কাজ শুরু করেছিলেন তিনি। কিন্তু গবেষণার ক্ষুধা, সাফল্যের নেশা, আর নিজের ক্ষমতাকে প্রমাণ করার আকাঙ্ক্ষা - এই তিনটে জিনিস মানুষকে কখনও কখনও এমন জায়গায় নিয়ে যায়, যেখান থেকে সে আর ফিরে আসতে পারে না।

একশো কুড়ি জনের পুরুষ-প্রধান টিমে হাতে গোনা কয়েকজন মহিলা বিজ্ঞানীর মধ্যে ইশিকাওয়া ছিলেন আলাদা। যে সূত্র কেউ খুঁজে বের করতে পারেনি, সেই জায়গায় সাফল্য পেয়েছিলেন তিনি। তার বিশ্বাস ছিল, নেতৃত্ব দেওয়ার যোগ্যতা তারই বেশি, কিন্তু তাকে বারবার থামিয়ে দেওয়া হচ্ছে। তার

মনে হত, সে মেয়ে বলেই, বয়সে ছোট বলেই, বুড়ো পুরুষদের সেই বৃত্ত তাকে ওপরে উঠতে দিতে চাইছে না।

গবেষণার এক গুরুত্বপূর্ণ স্তরে এসে তিনি পেরেছিলেন লাইভ নোডের সঙ্গে কম্পিউটারের সংকেত আদান-প্রদান ঘটাতে। মানুষের নিউরাল প্রতিক্রিয়া আর যন্ত্রের ভাষার মধ্যে সেতু তৈরি করার মতো জায়গায় পৌঁছে গিয়েছিলেন তিনি। এই গবেষণা নিয়েই শুরু হয় বিতর্ক। তার নেতৃত্বে গোপনে তৈরি হয় হোয়াইট মাস্ক - তার মতোই কিছু উদ্দাম, মেধাবী, ঝুঁকিপ্রবণ তরুণ-তরুণীকে নিয়ে। হেলিক্স ডাইনামিকস এবং নিরুপম বসুর অজান্তেই ভিতর ভিতর চলতে থাকে তাদের নিজস্ব গবেষণা। ধাপে ধাপে এগোতে থাকে হোয়াইট মাস্ক, এমন এক জায়গার দিকে, যা সফল হলে পুরো প্রোজেক্ট হ্যালোর (Project Halo) দিকটাই বদলে যেতে পারত।

তাদের বিশ্বাস ছিল, যেদিন এই গবেষণা সম্পূর্ণ সফল হবে, সেদিন পৃথিবী তাদের মূল্য বুঝবে।

সেদিন আর কেউ তাদের থামাতে পারবে না।

কিন্তু হেলিক্সের চাপ, নিরুপম বসুর তিরস্কার, আর নিজের উচ্চাকাঙ্ক্ষার জ্বালাটা একসময় মিলে গিয়ে ইশিকাওয়াকে এমন সিদ্ধান্তে ঠেলে দিল, যেখান থেকে আর ফেরার পথ ছিল না।

সাবজেক্ট জিরো ওয়ান -এর সাফল্যের পেছনে ইশিকাওয়ার ভূমিকা ছিল সবচেয়ে বড়। সেই নোডের ভিতরে সে নিজের গবেষণার বীজ সফলভাবে রোপণ করতে পেরেছিল। ঠিক সেই সময়েই হেলিক্স ডাইনামিকসে ঘটে এক রহস্যময় হ্যাকার

আক্রমণ। প্রোজেক্ট হ্যালো-র ভিতরে হোয়াইট মাস্কের কোড ঢুকে যায়, আর সেই কোডই ধীরে ধীরে আকার নিতে শুরু করে - জিরো ভাইরাস।

তারপরের ঘটনাগুলো এত দ্রুত ঘটে যে কেউ পুরোটা বুঝে উঠতে পারেনি।

রাতারাতি নিখোঁজ হয়ে যায় ইশিকাওয়া।

সবাই ভেবেছিল, হয়তো হ্যাকার আক্রমণ, হেলিক্সের সঙ্গে বিশ্বাসঘাতকতা, নিরুপম বসুর রাগ, আন্তর্জাতিক গোয়েন্দা সংস্থার নজর - সবকিছুর চাপ সহ্য করতে না পেরে সে আত্মহত্যা করেছে। এফবিআই, ইউরোপের তদন্তকারী সংস্থা, মার্কিন গবেষণা নেটওয়ার্ক - অনেকের চোখেই সে তখন প্রায় ওয়ান্টেড। কিন্তু ইশিকাওয়া নিজেকে ভিলেন ভাবেনি। তার বিশ্বাস ছিল, সে যা করেছে, তা ছিল অসম্ভবকে সম্ভব করা। পৃথিবী আজ তাকে দোষী বলুক, তবু বিজ্ঞানীর দৃষ্টিতে তার কাজ অতুলনীয়।

আত্মহত্যা তার কাছে কোনদিনই সঠিক পথ ছিল না। সে যা করেছে তা অপরাধ নয়, বিজ্ঞান জগতে অবিশ্বাস্য।

তার মধ্যে শোক ছিল না, অনুতাপও ছিল না সেইভাবে।

তবে তার সামনে ছিল আরেকটা পথ - নিজেকে ইচ্ছাকৃতভাবে হারিয়ে ফেলা।

জাপানে যারা মরতে চায় না, কিন্তু নিজের বর্তমান জীবন থেকে পালাতে চায়, তাদের জন্য আছে একটা অদ্ভুত ব্যবস্থা -

ইওনিগে-ইয়া (Yonige-ya), অর্থাৎ "রাতে পালিয়ে যাওয়ার সংস্থা"। যারা নিঃশব্দে হারিয়ে যেতে চায়, পরিবার, সমাজ, পরিচয় সবকিছু ছেড়ে অন্য এক জীবনে ঢুকে যেতে চায়, তাদের অদৃশ্য হয়ে যেতে সাহায্য করে এই সংস্থাগুলো।

ইশিকাওয়া সেই পথটাই বেছে নিয়েছিল।

নিজের পরিচয় লুকিয়ে, অন্য শহরে, অন্য নামে, অন্য ভাবে সে শুরু করেছিল নতুন জীবন।

আজকের *ইও ইশিকাওয়া* আসলে সেই সময়কার *ডঃ মিনোরি তাকাহাশি।*

সে বেছে নিয়েছিল –

"জুহাতসু"

ইচ্ছাকৃতভাবে অদৃশ্য হয়ে যাওয়া।

৯। জিরো ফোর্স

৩ আগস্ট ২০৩০, বেনারস, দশাশ্বমেধ ঘাট রোড, সকাল ১১টা

দেখতে দেখতে এক সপ্তাহ কেটে গেল, কিন্তু আদিত্যর দাদা এখনও কিছু জানায়নি। আজ বিকেলের ট্রেনে রিয়া আর আদিত্য ফিরবে কলকাতা। রিয়ার মনটা সকাল থেকে অদ্ভুত আনচান করছে। এই এক সপ্তাহে সে বারাণসী অনেকটাই দেখেছে - কোনোদিন সকালে, কোনোদিন বিকেলে, কোনোদিন আবার শুধু উদ্দেশ্যহীনভাবে। আদিত্য তাকে বাইকে করে ঘুরিয়ে দেখিয়েছে সঙ্কট মোচন মন্দির, সারনাথ, রামনগর ফোর্ট, বেনারস হিন্দু ইউনিভার্সিটি। একদিন ভোরে গঙ্গার জলে নৌকাবিহারেও নিয়ে গেছে। কাশী বিশ্বনাথ মন্দিরে দুবার তার পূজা দেওয়া হয়ে গেছে।

এত আধুনিকতার মধ্যেও মানুষের মধ্যে ভক্তি, বিশ্বাস, ঈশ্বরকে ধরে থাকার প্রবণতা কোনো অংশে কমেনি - এই কথাটা বারবার মনে হচ্ছিল রিয়ার। হয়তো সেই কারণেই বিজ্ঞানীরাও হিগস বোসনের আরেক নাম দিয়েছিলেন "ঈশ্বর কণিকা" বা "গড পার্টিকেল"। মানুষ যতই প্রযুক্তির দিকে এগোক, তার ভিতরে কোথাও না কোথাও অজানাকে বিশ্বাস করার প্রবণতা থেকেই যায়।

এসব ভাবতে ভাবতেই আদিত্য আর অনির্বাণদা এসে পৌঁছল হোটেলে। আদিত্য ব্যাগ নিয়েই এসেছে, এখান থেকেই বিকেলে রিয়াকে নিয়ে স্টেশনে বেরিয়ে যাবে। অনির্বাণদাকে দেখামাত্র রিয়া আর ধৈর্য রাখতে পারল না।

সে প্রায় সঙ্গে সঙ্গেই জিজ্ঞেস করল,

“দাদা, কিছু খোলাসা হল?”

দাদার মুখ থমথমে। সে একটু সময় নিয়ে, যেন কথাগুলো মাথার মধ্যে ঠিকঠাক সাজিয়ে, তারপর বলল,

“যা বুঝেছি, তোদের বলছি। আমি আমার সোর্স, ডার্ক ওয়েব, পুরোনো আর্কাইভ, এনক্রিপ্টেড ফোরাম - সব ঘেঁটে যা বের করেছি, সেটা ভীষণ ভয়ংকর। ‘হেলিক্স ডাইনামিকস’ মানুষের মস্তিষ্ক আর কম্পিউটারের মধ্যে সরাসরি যোগাযোগ করানোর গবেষণা করত। ব্যাপারটা সহজ করে বললে - মানুষের মাথা আর মেশিনের মধ্যে যেন একটা সেতু বানানোর চেষ্টা। ডার্ক ওয়েবে লুকিয়ে থাকা বহু ফাইল, পুরোনো কর্মচারীদের গোপন ফোরাম, আর কিছু ভাঙা এনক্রিপ্টেড ডেটা মিলিয়ে যা বুঝেছি, তাতে মনে হচ্ছে কোম্পানির ভেতরে কিছু বিজ্ঞানী পরে নিজেদের আলাদা একটা গোপন গ্রুপ তৈরি করেছিল। ওরা মূল সংস্থার চোখ এড়িয়ে, নিজেদের মতো করে এক্সপেরিমেন্ট চালাতে থাকে। এই এক্সপেরিমেন্টে এমন কিছু সাবজেক্ট তৈরি হয়, যারা সত্যিই হেলিক্সের মেইন সিস্টেমের সঙ্গে ব্রেন-টু-সিস্টেম যোগাযোগ করতে পারত। মানে, তাদের মস্তিষ্ক আর সিস্টেমের মধ্যে সরাসরি সংকেত আদান-প্রদান

হতো। কিন্তু এই প্ল্যানটার মধ্যে কোথা থেকে একটা বাইরের প্রোগ্রাম, বা বলা ভালো একটা ভাইরাস, হঠাৎ করে হেলিক্সের সিস্টেমে ঢুকে পড়ে। এটা কেউ চাইনি। হেলিক্স তখন ভয় পেয়ে যায়। কিছু বছর পরে ওরা দুম করে পুরো প্রোজেক্টটাই বন্ধ করে দেয়। কিন্তু... তাতেই সব শেষ হয়নি।"

ঘরের ভিতর কয়েক সেকেন্ড চুপচাপ নীরবতা নেমে এল।

তারপর দাদা মোবাইলে একটা নিউজ সাইট খুলে দুজনকে দেখাল।

"দেখ, কিছুদিন আগেই লন্ডন, টোকিও আর নিউইয়র্কে একসঙ্গে তিনজন আত্মহত্যা করেছিল – প্রায় একই সময়ে, প্রায় একইভাবে। এখন সামরিক সংস্থা থেকে ডার্ক ওয়েবের হ্যাকার, সবাই এই ঘটনাগুলোর মধ্যে মিল খুঁজে দেখছে। অনেকেই বলছে, এটা সাধারণ আত্মহত্যা না। ওই ভাইরাসটা হয়তো কোনোভাবে তাদের মাথায় ঢুকেছিল... হয়তো দূর থেকে, হয়তো কোনো নিউরাল সংযোগের মাধ্যমে। আমারও মনে হচ্ছে, এই আত্মহত্যাগুলো হেলিক্সের সেই গোপন গবেষণার ফল।"

আদিত্য এতক্ষণ চুপচাপ ছিল। কিন্তু এবার সে আর চুপ থাকতে পারল না।

"কি বলছিস দাদা? আজ আমি শুয়ে আছি, একটা ভাইরাস আমাকে নাচতে বলল, আমি উঠে নাচব? সেটা মাথায় ঢুকবে কী করে?"

দাদার উত্তরটা খুব সোজা, কিন্তু ঠান্ডা।

“কেন পারবে না? রেবিস, হারপিস, এইচআইভি - এসব কি শরীরের ওপর কন্ট্রোল নেয় না? রেবিস হলে তুই জলের ভয়ে ভুগতে পারিস, ইচ্ছে করলেও জল খেতে পারবি না। ভাইরাস মানে শুধু জ্বর-কাশি না। ভাইরাস শরীরের আচরণও বদলে দিতে পারে। মানুষকে নিজের মতো না রেখে, অন্যরকম করে দিতে পারে।”

আদিত্য বলল,

“সেগুলো তো শরীরের রোগ। বায়লজিকাল ভাইরাস, কিন্তু একটা সফটওয়্যার প্রোগ্রাম কি কারও ব্রেনে ঢুকতে পারে?”

এবার রিয়া মুখ খুলল।

“কিছুটা পারে। বি-সি-আই, মানে ব্রেন-কম্পিউটার ইন্টারফেস - আমাদের পড়ানো হয়েছে। এই প্রযুক্তিতে মানুষের মাথা আর কম্পিউটারের মধ্যে যোগাযোগ করানো যায়। এখন তো প্রস্থেটিক হাত-পা চালাতেও এই প্রযুক্তি ব্যবহার হয়, তাই না দাদা?”

দাদা মাথা নেড়ে বলল -

“ঠিক তাই। এখন কারও হাত বা পা কেটে গেলে কৃত্রিম অঙ্গ লাগানো যায়, যেটা মানুষের মস্তিষ্কের চিন্তার মাধ্যমেই কাজ করে। মানে তুই ভাবলি কোনো জিনিস ধরবি, আর তোর সেই কৃত্রিম হাত সেটা ধরল। তুই ভাবলি হাঁটবি বা দৌড়াবি, আর সেই কৃত্রিম পা কাজ শুরু করল। মেশিনকে মানুষ নিয়ন্ত্রণ করছে - মস্তিষ্কের সংকেত দিয়ে।”

আদিত্য এবার একটু বুঝতে পেরে বলল,

"তা হলে ব্যাপারটা এমন - কম্পিউটার আর ব্রেনের মধ্যে যোগাযোগ হচ্ছে। আর সেই যোগাযোগের মধ্যে যদি কোনো গোলমাল হয়, তাহলে সেটাই ভাইরাসের মতো রূপ নিতে পারে?"

দাদা বলল,

"একদম। ধর, তুই চাইলি কাউকে হাত মিলিয়ে 'হ্যালো' বলতে, কিন্তু সংকেত গণ্ডগোল হয়ে তোর হাত উঠে গিয়ে তাকে হালকা চড় মেরে দিল। মানে তোর ইচ্ছা এক, কিন্তু কাজ হল অন্য।"

রিয়া চুপ করে ছিল। তার মাথার ভিতর তখন অন্য প্রশ্ন ঘুরছিল। দাদা আর আদিত্য দুজনেই রিয়ার মুখের দিকে তাকিয়ে আছে। তারপর রিয়া ধীরে বলল,

"দাদা, তুমি বললে ওই তিনটে আত্মহত্যার পেছনে জিরো ভাইরাস থাকতে পারে। তার মানে কোনোভাবে তাদের ব্রেনে এই ভাইরাস ঢুকেছিল। কিন্তু বি-সি-আই তো সাধারণত চিপ বা ইলেকট্রোড বসিয়ে কাজ করে, তাই না? সে ক্ষেত্রে পোস্টমর্টেমে তো ধরা পড়ার কথা - তাদের মাথায় কিছু বসানো ছিল কি না?"

দাদা একটু হেসে বলল,

"এই তো, বাইওটেক বুদ্ধি কাজ করছে। আর তুই নিউজ খুব একটা দেখিস না বোধহয়। যেহেতু ওগুলো আত্মহত্যা ছিল,

পোস্টমর্টেম অবশ্যই করা হয়েছে। কিছুদিন এই নিয়ে অনেক খবরও বেরিয়েছিল। ইন্টারনেটেও ছিল। এখন এক মাস হয়ে গেছে, তাই সবাই ভুলে গেছে। মানুষ খুব তাড়াতাড়ি ভুলে যায়, যতক্ষণ না আবার নতুন কিছু ঘটে। পোস্টমর্টেমে কিছুই পাওয়া যায়নি। সবকিছু নরমাল। রিপোর্টে আত্মহত্যাই প্রমাণ হয়েছে। কিন্তু তবু সবাই 'জিরো' শব্দটার উল্লেখ করেছিল, তাই ব্যাপারটা একেবারে হালকা করে উড়িয়ে দেওয়া যাচ্ছে না।"

রিয়া এবার আবার সেই মূল জায়গায় ফিরে এল।

"আর বাবার ডায়েরি?"

দাদা এবার ডায়েরিটার দিকে তাকাল।

"হ্যাঁ, কাকুর ডায়েরিতে কিছু সংকেত আছে। সেখান থেকে আমি আরও কিছু বের করেছি। তুই কলকাতা ফিরে যা। আমি পরের সপ্তাহে আসছি। তার আগে তুই একটা চিঠি পোস্ট কর - দার্জিলিং পোস্ট অফিসে, পোস্ট বক্স নাম্বার ৯৭৩৯-এ। নাম লিখবি - মিস্টার সমাদ্দার। লিখবি, তুই তোর বাবার সম্বন্ধে কিছু জানতে চাস, আর যদি তার সাথে দেখা করা যায়।"

রিয়া একটু অবাক হয়ে বলল,

"সমাদ্দার? কে সে?"

দাদা এবার দুইদিকে মাথা নেড়ে বলল, "জানি না। কিন্তু ডায়েরির দুটো সংকেত এই পোস্ট বক্সের দিকেই ইশারা করছে। এই দেখ, প্রথম সূত্রটা।"

তারপর সে ডায়েরির একটা পাতা খুলে পড়ল-

দক্ষিণ থেকে প্রায়ে ত্রিশ ডিগ্রি, উত্তরে তার মুখ

শূন্য দশমিক তিনে সাতে পাবে বড়ই সুখ

পূবের পথ ধরে চলতে থাকো - হাঁটি হাঁটি

আটাশী ডিগ্রী নাগাদ পাবে সমাদ্দারের চাবিকাঠি

রিয়া ভ্রু কুঁচকে বলল,

“এর মানেটা কী?”

দাদা খুব সহজ করে বোঝাল,

“ডিগ্রি বলা হয়েছে মানে ধরে নেওয়া যায় ল্যাটিটিউড-লংগিটিউড, অর্থাৎ মানচিত্রের অবস্থান। দক্ষিণ থেকে প্রায় ত্রিশ ডিগ্রি, আবার দশমিকের পরে তিন-সাত। তারপর পূবের দিকে আটাশি ডিগ্রির মতো। এগুলো গুগলে বসিয়ে আমি যা পেয়েছি, সেটা দার্জিলিংয়ের দিকে দেখাচ্ছে।”

রিয়া বলল,

“কিন্তু তাতে তো শুধু জায়গার ইঙ্গিত পেলাম। এই সমাদ্দার কে, সেটা তো এখনও বোঝা গেল না।”

দাদা বলল,

“হ্যাঁ, সেটা এখনও জানি না। তবে এই ‘চাবিকাঠি’ কথাটার উল্লেখ আরেকটা পাতাতেও আছে। এই দেখ।”

তারপর সে আরেকটা ছড়া পড়ল-

৯। জিরো ফোর্স

সমাদ্দার-এর চাবিকাঠি

তাকেই বুড়ো বানিয়ে লাঠি

অসাধারণ কে ছোট্ট ঘরে –

নয়ে সাত তিন নয়ের দরে

রিয়া এবার একটু একটু করে সূত্রটা ধরতে শুরু করেছে –

"৯৭৩৯ তাহলে দার্জিলিং পোস্ট অফিসের কোনো পোস্ট বক্স নম্বর?"

দাদা বলল,

"হতে পারে। আবার নাও হতে পারে। কিন্তু আপাতত এটুকুই সবচেয়ে শক্তিশালী সূত্র। তাই তুই একটা চিঠি পোস্ট করে দেখ। কী হয় দেখা যাক। তারপর এক-দু সপ্তাহের মধ্যে আমি কলকাতায় এসে তোদের সঙ্গে দেখা করছি।"

ঘরের মধ্যে আবার একটু নীরবতা নেমে এল। এতক্ষণে আদিত্য মুখ খুলল।

"আমাদের এই গ্রুপটার একটা নাম দেওয়া যায় না? ব্যাপারগুলো এখন বেশ রহস্যময় হয়ে উঠছে। আমি আর রিয়া বাকি ছড়াগুলোও পড়ে দেখে নিতে পারি, কিছু উদ্ধার করা যায় কি না।"

অনির্বাণদা একটু হালকা হাসল।

তারপর বলল,

"হ্যাঁ, সেটা করা যায়। যেহেতু সব কিছুই জিরো-কে ঘিরে... তা হলে আমাদের এই ছোট্ট টিমের নাম হোক ... "

সে একবার রিয়া, একবার আদিত্যর দিকে তাকাল।

তারপর বলল-

"*জিরো ফোর্স।*"

১০। পুরানো সে দিনের কথা

৮ জুলাই ২০৩০, হাকাতা, জাপান, রাত ৯টা ৪০ মিনিট

সত্যিই কি এই দিনটার জন্যই অপেক্ষা করছিলেন ইও ইশিকাওয়া?

একসময় যিনি ছিলেন ডঃ মিনোরি তাকাহাশি, তিনি হয়তো অন্য মানুষ ছিলেন, আর আজকের ইও ইশিকাওয়া যেন সেই মানুষেরই বহু বছর পরের এক ক্লান্ত, নিঃশব্দ, নিজেকে এড়িয়ে চলা প্রতিচ্ছবি, যিনি বুঝতে পারছেন - যে যুদ্ধকে একদিন জেতার মতো মনে হয়েছিল, তার ফলাফল সবসময় জয়ের স্বাদ এনে দেয় না। এই যুদ্ধে হারলে হারবেন মিনোরি তাকাহাশি, আর জিতলেও সেই জিতও তাঁরই, কিন্তু আজকের ইও ইশিকাওয়ার কাছে সেটার আদৌ কোনো অর্থ আছে কি?

সেদিনের কথা এখনও তার মনে স্পষ্ট - মিনোরি তাকাহাশির টিম গোপনে সেই কোড নোডে ঢুকিয়েছিল, এমন একটি কোড, যা সরাসরি সার্ভারের সঙ্গে যুক্ত হয়ে ডেটা পাঠাতে পারে, আবার সেই ডেটাকে নিয়ন্ত্রণও করতে পারে, শুধু যোগাযোগ নয়, নিয়ন্ত্রণ - একসাথে, যাকে তারা নিজেদের মধ্যে বলত "ওভারকিল"। সেই পরীক্ষায় মাত্র একটি সাবজেক্ট বেঁচে ছিল, আর সেই দিনটা ছিল ভয়ংকর কঠিন, কারণ

তখনও মানুষের মাথার ভিতরে কোনো চিপ বসানো ছাড়া বা কোনো ওয়েয়ারেবল ডিভাইস ছাড়া কম্পিউটারের সঙ্গে সরাসরি সংযোগ তৈরি করা প্রায় অসম্ভব ছিল, তবু মিনোরি তাকাহাশি বিশ্বাস করতেন - অসম্ভব বলে কিছু নেই, শুধু সময়ের অপেক্ষা।

সেদিন শুধু নোডের মধ্যেই সীমাবদ্ধ থাকেনি সেই পরীক্ষা, বাড়িয়ে দেওয়া হয়েছিল প্রোজেক্ট হ্যালোর সার্ভারের ক্ষমতাও, কারণ তাদের ধারণা ছিল - যেদিন তথ্য আদান-প্রদানের মাধ্যম যথেষ্ট শক্তিশালী হবে, সেদিন সার্ভারও মানুষের কাছ থেকে যথেষ্ট তথ্য পেয়ে যাবে, আর সেই তথ্যের ওপর দাঁড়িয়ে একদিন মানুষের মস্তিষ্কের জোন-৩ এ প্রবেশ করা সম্ভব হবে, সেই জায়গা যেখানে চিন্তা তৈরি হয় না, বরং চিন্তা ঢোকানো যায়। সেই সঙ্গে যুক্ত ছিল সেলফ-লার্নিং আর্টিফিশিয়াল ইন্টেলিজেন্স, যা মানুষের ভাবনা পড়ে, বুঝে, বিশ্লেষণ করে, নিজেই সিদ্ধান্ত নিয়ে নিতে পারবে।

ভাবনাটা ছিল প্রায় স্বপ্নের মতো - মানুষের মধ্যে সংযোগ তৈরি হবে, অপরাধীরা অপরাধ করার আগেই থেমে যাবে, ডিপ্রেশন কমানো যাবে, আত্মহত্যার প্রবণতা নিয়ন্ত্রণ করা যাবে, মানুষের বুদ্ধিমত্তা বাড়ানো যাবে, ব্যথা কমানো যাবে, এমনকি প্রস্থেটিক হাত-পাও সরাসরি এ-আই-এর মাধ্যমে নিয়ন্ত্রিত হবে, মানুষের মাথায় চিপ বসানোর প্রয়োজন থাকবে না, কোনো ডিভাইসের দরকার হবে না, যেন মানুষ আর যন্ত্রের মাঝখানের সীমারেখাটা মুছে যাবে।

কিন্তু আজ, এত বছর পরে দাঁড়িয়ে, ইও ইশিকাওয়ার মনে কেন এই প্রশ্ন জাগছে - সত্যিই কি তা-ই?

জুন মাসের সেই একসাথে তিনটি আত্মহত্যার খবর তার ভিতরের স্থিরতা নড়িয়ে দিয়েছে, তার মনে হচ্ছে নিরুপম বসু হয়তো ভুল বলেননি, হয়তো প্রোজেক্ট বন্ধ করে দেওয়ার সিদ্ধান্তটাই ঠিক ছিল, আবার পরের মুহূর্তেই মনে হচ্ছে - না, সে যা করেছিল তা বিজ্ঞানকে এক নতুন জায়গায় নিয়ে যাওয়ার জন্যই, তার ভেতরে এই মতভেদ, এই টানাপোড়েন, তাকে ভেতর থেকে ধীরে ধীরে ভেঙে দিচ্ছে।

শুধু জিরোর জন্য নয়, হেলিক্সের কাজের ধরন নিয়েও প্রশ্ন উঠেছিল, মাফিয়া আর আন্ডারওয়ার্ল্ডের সাহায্যে পাচার করা বাচ্চাদের দিয়ে হিউম্যান ট্রায়াল - এইসব সত্যি চিরকাল চাপা থাকে না, আগ্নেয়গিরির লাভার মতো সময়ের অপেক্ষায় থাকে, একদিন বেরিয়ে আসবেই।

সবাই হয়তো ভুলে গেছে, কিন্তু মিনোরি তাকাহাশি জানেন - হেলিক্স তাদের ডেটা সেন্টার নষ্ট করেনি, সেই বিশাল হাই-পারফরম্যান্স কম্পিউটিং সিস্টেমের কোনো এক অদৃশ্য কোণায় আজও বেঁচে আছে জিরো, ডেটা সেন্টার অন্য কাজে ব্যবহার হচ্ছে, কিন্তু জিরোকে মুছে ফেলার বা থামিয়ে দেওয়ার কোড আছে শুধু একজন মানুষের মাথায়।

ইও ইশিকাওয়ার ভাবনা অন্য জায়গায় পৌঁছায় - ইতিহাস সাক্ষী, শিক্ষক ছাড়া ছাত্র অসম্পূর্ণ, আর জিরো একজন ছাত্র, যার মধ্যে ঢোকানো হয়েছে মানুষের চিন্তা, বিচার করার ক্ষমতা,

নিজে শেখার ক্ষমতা, নিজে সিদ্ধান্ত নেওয়ার ক্ষমতা, তার মধ্যে বসানো হয়েছে এমন এক শক্তিশালী ট্রান্সমিটার, যা একদিন মানুষের মনের মধ্যে প্রবেশ করতে পারবে, আর তার সবচেয়ে বড় শক্তি - নিজেকে কপি করার ক্ষমতা, যেদিন সে পরিপক্ক হবে, সেদিন সে অন্য যেকোনো সিস্টেমে নিজের আরেকটি প্রতিরূপ তৈরি করতে পারবে।

তার জন্ম হয়েছিল মানুষের ভালোর জন্য।

কিন্তু সে কি সত্যিই সেই ভালো বুঝবে?

এই প্রশ্নের উত্তর আজও অজানা।

আর সেই সুপ্ত জিরোর সঙ্গে সঙ্গে, পৃথিবীর আরেক প্রান্তে ধীরে ধীরে জেগে উঠছিল তার নোড – "সাবজেক্ট জিরো ওয়ান"।

৮ জুলাই ২০৩০, গড চাইল্ড হোলি হোম, সন্ধ্যা ৬টা ১০ মিনিট

অম্বিকার আজ অদ্ভুত লাগছে, যেন শরীরের ভেতরে কিছু একটা বদলে যাচ্ছে, অথচ সে নিজেই বুঝতে পারছে না সেটা কী, কেন বারবার মনে হচ্ছে আজ তার জন্মদিন, যদিও আশ্রমে তার জন্মদিন পালন করা হয় ১৯ ফেব্রুয়ারি, সেইদিন এক ভদ্রলোক তাকে এখানে এনে দিয়েছিলেন, সেই দিনের কিছু ঝাপসা স্মৃতি, শুধু মনে আছে শরীরটা খুব খারাপ ছিল, মাথার ভেতরে অসহ্য যন্ত্রণা, আর চারপাশে সবকিছু যেন অচেনা, অস্বাভাবিক।

কিছুদিন আগে একটা ফোন এসেছিল, মাস খানেক আগের কথা, তখন থেকেই অম্বিকার মধ্যে একটা নতুন ক্ষমতা এসেছে, প্রথমে সে বুঝতে পারেনি, পরে ধীরে ধীরে টের পেয়েছে - সে চাইলে মাঝে মাঝে অন্যের ফোনের কথাও শুনতে পারে, সবসময় নয়, কিন্তু ইচ্ছে করলে, বিশেষ করে হেড সিস্টার যখন ফোনে কথা বলেন, তখন অম্বিকা কখনও কখনও সেই কথাগুলো শুনতে পায়, যেন কোথাও অদৃশ্য একটা দরজা খুলে যায়।

আজ হেড সিস্টার তাকে ডেকে বলেছিলেন - সে আর ছোট নেই, তাকে একটা দায়িত্ব নিতে হবে, আশ্রমে থাকবে না বাইরে গিয়ে নিজের কাজ খুঁজে নেবে, সেটা এখন তাকে ঠিক করতে হবে, কথাগুলো শুনে অম্বিকার মনে ভয় হয়নি, বরং অদ্ভুত একটা আত্মবিশ্বাস এসেছে - সে পারবে, কারণ সে যা করে, না শিখেও শিখে ফেলে, মনে হয় কেউ যেন ভিতর থেকে বলে দেয় ঠিক কীভাবে করতে হবে।

কতটা নুন দিলে তরকারি ভালো হবে, কীভাবে অংকটা বোঝালে বাচ্চাটা বুঝবে, কোন প্রশ্নের উত্তর কী - সব যেন নিজে থেকেই এসে যায় তার কাছে, আশ্রমের সবাই বলে অম্বিকাদি সব জানে, কিন্তু অম্বিকা নিজেই জানে না - কী করে সে জানে।

তার স্মৃতিগুলো ভাঙা, কিছু আছে, কিছু নেই, কিছু যেন জোর করে ঢোকানো, আজ কেন তার মনে পড়ছে একটা বাচ্চা মেয়ের কেক কাটার দৃশ্য, সাদা পোশাক পরা ডাক্তার, বড় বড় কম্পিউটার, ইনজেকশন, একটা সাদা ভ্যান, গলির মধ্যে ক্রিকেট খেলার আওয়াজ, মন্দিরের পাশে নদীর জল - সব একসাথে মিশে যাচ্ছে।

আর সেই কেক কাটার সময় - একজন বয়স্ক মানুষ তার মাথায় হাত রেখেছে, চোখে জল, সে কি তার বাবা, না কি শুধু একটা স্বপ্ন?

অম্বিকা বুঝতে পারছে না।

হঠাৎ তার মনে একটা ঘর ভেসে ওঠে, ছোট, বন্ধ, তাকে ইনজেকশন দেওয়া হচ্ছে, মাথায় পরানো হচ্ছে হেডফোনের মতো কিছু, সামনে বিশাল কম্পিউটারের স্ক্রিন, একটার পর একটা স্ক্রিন বদলাচ্ছে, রঙ বদলাচ্ছে, লেখা বদলাচ্ছে, আর ধীরে ধীরে তার চোখ ভারী হয়ে আসছে, ঘুম পেয়ে যাচ্ছে, আর সে আর ধরে রাখতে পারছে না নিজেকে।

একটু ঘুম দরকার তার।

সে খুবই ক্লান্ত।

১১। খুল যা সিম সিম

১ সেপ্টেম্বর ২০৩০, দার্জিলিং, তুং সুং রোড, বিকেল ৪টে

স্বাধীনতা দিবসের দিনেই চিঠির উত্তর এসেছিল। ছোট্ট, সংক্ষিপ্ত, কিন্তু স্পষ্ট - সায়ন্তন সমাদ্দার, নিরুপম বসুর পুরানো ছাত্র, স্যারের মৃত্যুর খবরে শোকপ্রকাশ করেছেন এবং রিয়ার সঙ্গে দেখা করতে চান। সেই চিঠিটাই যেন আবার নতুন করে রিয়ার মনে সব আশা জাগিয়ে তুলেছিল।

সেপ্টেম্বরের দার্জিলিং - হালকা ঠাণ্ডা, বর্ষা প্রায় শেষ, ম্যাল রোডে এখন আধুনিকতার ছোঁয়া, ড্রোন পুলিশের নজরদারি, তবু সেই পুরোনো দিনের গন্ধ এখনও আছে, সিঙ্কলেয়ারস, গ্লেনইগ্লস, কেভেনটারস - যেন সময়ের বাইরে দাঁড়িয়ে থাকা কিছু স্মৃতি। রিয়ারা ম্যালের কাছেই একটা হোটেলে উঠেছে।

হেড পোস্ট অফিসের পেছনে তুং সুং রোড, সেখানেই ছোট্ট বাগানঘেরা বাড়ি সায়ন্তন সমাদ্দারের। বিকেল চারটের কিছু পরে রিয়া, আদিত্য আর অনির্বাণ সেখানে পৌঁছল। কিছু সাধারণ কথাবার্তা, পরিচয়, সৌজন্যের পরে সায়ন্তন সমাদ্দার নিজেই ডায়েরিটা দেখতে চাইলেন।

নিরুপম বসুর ডায়েরির পাতাগুলো ধীরে ধীরে উল্টাতে উল্টাতে তার ঠোঁটের কোণে একটা হালকা হাসি ফুটে উঠল -

যেন বহুদিনের অমীমাংসিত কোনো সমীকরণের প্রথম অংশটা আবার করে মিলতে শুরু করেছে।

তিনি ধীরে বললেন,

"স্যারের কাছে আমরা অনেক কিছু শিখেছিলাম, এই ডায়েরিটা তার প্রমাণ - উনি কতটা গভীর ভাবে ভাবতেন। যাদবপুর থেকে এম-এস-সি করার পর আমি কিছুদিন রিসার্চ আর প্রফেসরির কাজ করেছি, তখন স্যার বিদেশে, হেলিক্স ডাইনামিকসের পুরো টিমের নেতৃত্বে ছিলেন। ওরা যে কাজ করছিল, সেটা একসময় গিয়ে দাঁড়ায় ব্রেন হ্যাকিংয়ের জায়গায়। স্যার মাঝে মাঝে আমার সঙ্গে যোগাযোগ রাখতেন, কিছু কিছু ইঙ্গিত দিতেন, কিন্তু এই ডায়েরি দেখে এখন বুঝতে পারছি কেন তিনি আগে থেকেই সতর্ক করেছিলেন। 'জিরো ভাইরাস' মানে - প্রক্রিয়াটা শুরু হয়ে গেছে।"

অনির্বাণ সরাসরি প্রশ্ন করল,

"কিছুদিন আগে যে তিনটে আত্মহত্যা হল - সেটা কি সত্যিই জিরো ভাইরাস?"

সায়ন্তনের উত্তর ছিল ছোট, কিন্তু ভারী -

"সম্ভবত তাই।"

আদিত্য অবাক হয়ে বলল,

"কিন্তু কীভাবে? তাদের মাথায় তো কোনো চিপ বা ইমপ্ল্যান্ট পাওয়া যায়নি!"

সায়ন্তন একটু সামনে ঝুঁকে বললেন,

১১। খুল যা সিম সিম

"তোমরা একটা জিনিস ভুলে যাচ্ছ - এখনকার পৃথিবীতে মানুষ সবসময় কানেক্টেড। অ্যাপেল ওয়াচ, ইয়ারবাড, স্মার্ট গ্লাস, ভিআর ডিভাইস - এগুলো শুধু গ্যাজেট না, এগুলো কোনো না কোনো ভাবে তোমার শরীরের সঙ্গে, তোমার ভিতরের সিগন্যালের সঙ্গে যুক্ত।"

রিয়া একটু কপাল কুঁচকে বলল,

"কিন্তু এগুলো দিয়ে কি সত্যিই মস্তিষ্কের ভিতরে পৌঁছানো যায়?"

সায়ন্তন হালকা হেসে বললেন,

"একটু সহজ করে বলি। তুমি নিশ্চয় নিউরালিঙ্কের কথা শুনেছো - যেখানে মানুষের চিন্তা দিয়ে গেম খেলা হয়েছে? তারপর সিঙ্ক্রন, যারা রক্তনালীর মধ্যে দিয়ে চিপ বসিয়ে মানুষের চিন্তাকে মোবাইলে ট্রান্সলেট করেছে। প্যারাড্রোমিক্স, ব্ল্যাকরক - এরা সবাই মস্তিষ্ক থেকে ডেটা পড়ার কাজ অনেকদূর এগিয়ে নিয়ে গেছে। হেলিক্সও খুব পিছিয়ে ছিল না। স্যারের কাছ থেকে শুনেছিলাম, তারা একসময় ব্লুটুথ আর ওয়াইফাইয়ের মাধ্যমে মস্তিষ্কে সিগন্যাল পাঠানোর পরীক্ষায় সফল হয়েছিল।"

রিয়া অবাক হয়ে বলল,

"মানে কোনো চিপ ছাড়াই?"

"হ্যাঁ," সায়ন্তন বললেন, "সরাসরি না, কিন্তু কাছাকাছি। ওয়্যারেবল ডিভাইস দিয়ে ব্রেনের সিগন্যাল পড়া, আবার ফিরিয়ে দেওয়া - এটাই ছিল তাদের লক্ষ্য।"

ঘরের ভেতর যেন একটু ঠাণ্ডা নেমে এল।

অনির্বাণ আর আদিত্য একে অপরের দিকে তাকাল।

কিছুক্ষণ কেউ কথা বলল না।

সায়ন্তন আবার ডায়েরির দিকে ফিরে এলেন।

"চলো, এবার দেখি স্যার আমার জন্যে আর কী সূত্র রেখে গেছেন।"

তিনি একটা ছড়া পড়লেন-

রোমের সেনাপতি

তিনটি ঘর সরে

হরফ গুলো পড়

সব-ই, এদিক, ওদিক, করে

তিনি তাকালেন রিয়ার দিকে।

"বল তো, রোমের নাম করা সেনাপতি কে?"

রিয়া কিছু বলার আগেই আদিত্য বলল,

"জুলিয়াস সিজার... আর এখানে বলা হচ্ছে তিন ঘর সরে মানে সিজার সাইফার!"

সায়ন্তন মাথা নেড়ে বললেন,

"ঠিক ধরেছ।"

তিনি আরেকটা ছড়া দেখালেন-

১১। খুল যা সিম সিম

হেলিক্সের গুপ্ত ধন

সুপ্ত কোডে হ্যালোর বেশে

হারিয়ে গেছে মাটির তলে

গোলকেতে URZDQGD দেশে

আদিত্য আর অপেক্ষা করল না। গেম খেলে খেলে তার সাইফার বুদ্ধি তীক্ষ্ণ হয়ে গেছে –

"URZDQGD - তিন ঘর পিছিয়ে পড়লে হয় ROWANDA... মানে রুয়ান্ডা!"

সায়ন্তন বললেন,

"একদম ঠিক।"

ঘরের মধ্যে ধীরে ধীরে একটা ছবি তৈরি হতে শুরু করল–

হেলিক্স, প্রোজেক্ট হ্যালো, রুয়ান্ডা, লুকোনো সার্ভার, আর তার মধ্যে জিরো।

এরপর সায়ন্তন ধীরে ধীরে পুরো ব্যাপারটা খুলে বললেন,

"হেলিক্স একটা মেয়ের মস্তিষ্কে একটা ডিজিটাল নোড তৈরি করেছিল - যেটা শুধু তার চিন্তা না, তার অনুভূতি, তার কল্পনাও পড়তে পারত। সেই ডেটা জেনারেটিভ এ-আই দিয়ে বিশ্লেষণ করে সার্ভারে পাঠানো হচ্ছিল। প্ল্যানটা ছিল হাজার হাজার মানুষের মাথায় এই নোড বসিয়ে একটা সিস্টেম বানানো - যেটা মানুষের চিন্তাকেই নিয়ন্ত্রণ করতে পারবে। আর এই

নিয়ন্ত্রনের কাজটা ওরা করতে চাইছিল ওয়্যারেবল ডিভাইসের মাধ্যমে।"

তিনি একটু থামলেন।

"কিন্তু তিনটে বড় সমস্যা ছিল - সিগন্যাল পরিষ্কার পাওয়া যাচ্ছিল না, রেঞ্জ কম ছিল, আর সবচেয়ে বড় - 'হোয়াইট মাস্ক' নামে একটা গ্রুপ এক সময় হ্যাক করে নিজেদের কোড সার্ভারে ঢুকিয়ে দেয়। সেই কোডের ফলে সিস্টেমের রিঅ্যাকশন নির্ভর করতে শুরু করে ওই সাবজেক্টের চিন্তার ওপর।"

আদিত্য বলল,

"মানে সেই মেয়েটার চিন্তা দিয়েই সব কন্ট্রোল হচ্ছিল?"

সায়ন্তন ধীরে বললেন,

"হ্যাঁ... সেই মেয়েটাই ছিল 'সাবজেক্ট জিরো ওয়ান'।"

ঘরের ভেতর হাওয়া আবার ভারী হয়ে উঠল।

রিয়া এবার ডায়েরির আরেকটা ছড়া পড়ল-

২৫ বছর ধরে

খুলির চিন্তা শক্তি বাড়ে

ভালো অথবা খারাপ

সব শূন্য-এক ই পারে

সে একটু ভেবে বলল,

১১। খুল যা সিম সিম

“এটা কি প্রিফ্রন্টাল কর্টেক্সের কথা... ২৫ বছর বয়সে এটা পুরোপুরি ডেভেলপ হয়... আর ‘শূন্য-এক’ মানে সাবজেক্ট জিরো ওয়ান...”

সায়ন্তন মাথা নেড়ে বললেন,

“একদম ঠিক। এখন তার বয়স হয়তো ২৪ কি ২৫, মস্তিষ্ক পুরোপুরি সক্ষম। আর এখনকার প্রযুক্তি - 6G, স্যাটেলাইট ইন্টারনেট - সব মিলিয়ে সেই সংযোগ জোরদার আর সক্রিয় হতে পারে।”

অনির্বাণ ধীরে বলল,

“মানে এতদিন ক্ষমতা ছিল, কিন্তু মাধ্যম ছিল না... এখন দুটোই আছে।”

“ঠিক তাই,” সায়ন্তন বললেন।

রিয়ার গলা একটু কেঁপে উঠল।

“কিন্তু... সে তো জানেই না সে কী করছে... তার একটা ভুল চিন্তা...”

সায়ন্তন এবার গম্ভীর হয়ে বললেন,

“সেইটাই সবচেয়ে ভয়ংকর। একটা ভুল আবেগ, একটা ভয়, একটা আঘাত - আর সেটা যদি জিরোর কাছে পৌঁছে যায়...”

কথাটা শেষ করলেন না তিনি।

আদিত্য বলল,

“আমরা তো জানিই না সে কে, কোথায়...”

সায়ন্তন ডায়েরির আরেকটা পাতা খুললেন।

রুপোর থেকেও দামি
দাদার ছোট্ট সে এক বাড়ি
ইকোর সূত্র নামে ধরে –
লুকিয়ে রাখলাম সেই নারী

তিনি ধীরে বললেন,

"তোমার বাবা তাকে এখানেই লুকিয়ে রেখেছিলেন... রুপোর থেকে দামি যে দাদা – যতদূর সম্ভব এই সোনাদার দিকে... মেইন সার্ভার থেকে দূরে।"

রিয়ার চোখে প্রথমবারের মতো আলো ফুটল।

"মানে আমরা খুঁজে পেতে পারি তাকে?"

সায়ন্তন বললেন,

"হ্যাঁ... যদি সূত্রটা ঠিক বুঝতে পারি। খুঁজে বার করা যাক এই 'ইকো' দিয়ে কোনও সূত্র আছে কি না"

এক জায়েগাতে 'ইকো'-র আবার দেখা মিলল, ইংরেজিতে লেখা –

"The data just synced – Echo Mapping alpha = subject zero 1"

"5G may boast of speed, but it's brittle over distance. Ping is spiking."

সায়ন্তন বোঝালেন যে সাবজেক্ট জিরো ওয়ান এর সফলতার কথাই এই লাইনগুলোতে লেখা আছে, কিন্তু 5G স্পিডে তখনো ডেটা ভেঙ্গে যাওয়ার সম্ভাবনা স্পষ্ট, এরকমটাই বোঝানো হয়েছে। নিরুপম বসু আসলে এটাই বোঝাতে চাইছিলেন যে

সাবজেক্ট আর মেইন সার্ভারের মধ্যে ডেটা আদান প্রদান ঠিকই হয়ে গিয়েছিল। কিন্তু সমস্যা 5G রেঞ্জ বা দূরত্বের সীমাবদ্ধতা, সায়ন্তন বললেন, কিছুদিন আগেই 6G স্পেকট্রাম চালু হয়েছে। 6G-র গতি বেশি, একেবারে শূন্য লেটেন্সি, মানে ডেটা আদান-প্রদানে কোনো দেরি হবে না, আর 6G হিউম্যান-মেশিন ফিউশন কেপাবেল - মানে মানুষের মস্তিষ্ক আর মেশিন আরও গভীরভাবে যুক্ত হতে পারবে, 6G অনেক বেশি নির্ভরযোগ্য, ডেটা লস হয়ে না। তার ওপর, এই যুগে স্যাটেলাইটেও ইন্টারনেট পাওয়া যাচ্ছে রেঞ্জ বা কানেকশন লসের আর ভয় নেই।

এভাবেই ডায়েরির পাতাগুলো একের পর এক উল্টাতে উল্টাতে, ছড়ার ভেতর থেকে শব্দ, শব্দের ভেতর থেকে অর্থ, আর অর্থের ভেতর থেকে একটা একটা করে রহস্য বেরিয়ে আসতে লাগল।

ধীরে... খুব ধীরে...

সবাই মিলে বসে ছিল।

সময় কেটে যাচ্ছিল।

বাইরে সন্ধ্যা নেমে আসছিল।

ঘরের ভেতর কেউ আর অন্য কথা বলছিল না। সবাই ব্যাস্ত হেঁয়ালি উদ্ধারে, একমত হতে, সূত্র ধরে রহস্য সন্ধানে।

আর সেই দীর্ঘ সময়ের শেষে,

সব সূত্র এক জায়গায় এসে দাঁড়াল।

$$\varepsilon ko\_map \text{—>} 01 = \mu\alpha\psi\alpha\beta$$

সবাই প্রায় একমত, সাবজেক্ট জিরো ওয়ানের আসল নাম তাহলে -

"মায়াবী"।

১২। করে সব এলোমেলো

১১ সেপ্টেম্বর ২০৩০, দার্জিলিং, ম্যাল রোড, বিকেল ৫টা

দার্জিলিং শহরটার এক অদ্ভুত স্বভাব আছে - দূর থেকে দেখলে মনে হয় সবকিছুই চোখের সামনে, এই তো একটু নেমে গেলেই, এই তো একটু বাঁক নিলেই, কিন্তু পাহাড়ের শহরে দূরত্ব কখনও সরলরেখায় মাপা যায় না। ম্যাল রোডে দাঁড়িয়ে নিচের বাড়িগুলো, দূরের রাস্তা, ঘন কুয়াশার আড়ালে লুকিয়ে থাকা পাহাড়ের কোল - সবই হাতের নাগালে মনে হয়, অথচ সত্যি পৌঁছতে গেলে সময় লাগে, শ্বাস লাগে, ধৈর্য লাগে। সোনাদা দার্জিলিং থেকে খুব কাছে নয়, আবার খুব দূরেও নয় - কিন্তু পাহাড়ি পথের হিসাবে সেই দূরত্বই অনেক। সেই জন্যই গত পাঁচদিন ধরে রিয়া, আদিত্য আর অনির্বাণ যেন এক অদৃশ্য মানচিত্রের ভেতর ঘুরে বেড়াচ্ছে, এক জায়গা থেকে আরেক জায়গায়, এক নাম থেকে আরেক নামে, এক আশ্রম থেকে আরেক হোমে, তবু যার খোঁজে এসেছে, সে যেন সবসময়ই আরেকটু সামনের দিকে সরে যাচ্ছে।

ম্যালের ভিড়ের মধ্যে দাঁড়িয়েও আজ রিয়ার মনে হচ্ছিল, তারা যেন আসলে কোথাও পৌঁছাতেই পারেনি। প্রথম দিন ছিল জোড়বাংলোর দিকে, তারপর ঘুম, তারপর সোনাদা, তারও পরে চার্চের সঙ্গে যুক্ত দুটো ছোট্ট হোম, একটা পুরানো মিশনারি

আশ্রম, আরেকটা বেসরকারি মেয়েদের আবাস, যেখানকার রেজিস্টার পর্যন্ত খুলে দেখা হয়েছে। কোথাও মায়াবীর জায়েগাতে মাধবী, কিন্তু বয়স মেলে না। কোথাও বয়স মেলে, কিন্তু হোমে আসার সাল মেলে না। কোথাও হেড সিস্টার বলছেন, এমন কোনো মেয়ে ছিল, পরে নাকি চলে গেছে। কোথাও বলা হচ্ছে, নাম বদলে এসেছিল কেউ, কিন্তু কাগজপত্রের ঠিক নেই। সবকিছু যেন অদ্ভুতভাবে মিলে গিয়ে আবার ভেঙেও যাচ্ছে।

অনির্বাণের অভিজ্ঞতা বলছিল, এটা নিছক কাকতালীয় নয়। যে মেয়েকে নিরুপম বসু লুকিয়ে রেখেছিলেন, তাকে এমন জায়েগাতেই রাখা হবে যেখানে নাম, বয়স, ইতিহাস - সবকিছু সামান্য করে পালটে দেওয়া যায়, কিন্তু পুরোটা মুছে ফেলা যায় না। রিয়া সেটা বুঝছিল, তবু তার ধৈর্য ফুরিয়ে আসছিল। কারণ ডায়েরির ছড়া ধরে, সায়ন্তন সমাদ্দারের ব্যাখ্যা ধরে, সমাদ্দারের "রুপোর থেকেও দামি দাদার ছোট্ট সে এক বাড়ি" লাইন ধরে তারা এতদূর এসেছে, অথচ মানুষটার সামনে গিয়ে দাঁড়ানো এখনো পর্যন্ত সম্ভব হয়নি।

আদিত্যর মেজাজও খারাপ হচ্ছিল। সে রেগে গিয়ে আগের দিনই বলেছিল, "আমার মনে হচ্ছে আমরা ক্লু গুলো বেশি কম্পলিকেটেড ভাবে নিচ্ছি। কাকু যদি সত্যিই কাউকে লুকিয়ে রেখে থাকে, তাহলে এত ক্রিপটিক করে কেন যাবে?" অনির্বাণ তখন খুব শান্ত গলায় বলেছিল, "কারণ যাকে লুকিয়ে রাখা হয়েছিল, তাকে খুঁজে পাওয়ার আগে ভুল লোকের হাতে ক্লু পৌঁছে যাওয়ার ভয় ছিল। নিরুপম বসু বাচ্চার খেলা খেলেনি।"

রিয়া তখন চুপ ছিল। তার মাথার ভিতর তখন অন্য লড়াই। সে জানে, তারা যত সময় নষ্ট করবে, ততই ঝুঁকি বাড়বে। কারণ যদি সত্যিই সাবজেক্ট জিরো ওয়ান এখন পঁচিশে পৌঁছে থাকে, যদি তার প্রিফ্রন্টাল কর্টেক্স এখন পুরোপুরি পরিণত হয়ে থাকে, যদি তার চিন্তা এখন সম্পূর্ণভাবে সার্ভারে পৌঁছতে পারে, তাহলে একটা ভুল আবেগ, একটা ধাক্কা, একটা ভয়, একটা রাগ - যেকোনো কিছু থেকেই বড় বিপদ শুরু হতে পারে। এই কথাটাই সায়ন্তন বলেছিলেন। আর সেই কথাটাই এখন রিয়ার কানের ভিতর ঘুরছে।

ম্যাল রোডের বেঞ্চে বসে থাকতে থাকতে সে হঠাৎ দেখল, এক বৃদ্ধ নেপালি ভদ্রলোক একটি ছোট মেয়ের হাত ধরে হাঁটছেন। মেয়েটা ফট করে থেমে গিয়ে আকাশের দিকে তাকিয়ে কিছু একটা বলল। ভদ্রলোক হেসে মাথায় হাত রাখলেন। দৃশ্যটা সাধারণ, খুবই সাধারণ, তবু রিয়ার বুকের ভিতরটা কেমন যেন মোচড় দিয়ে উঠল। কেন জানে না, কিন্তু তার মনে এসে গেল মায়াবীর কথা, যদিও সে কখনও মায়াবীকে চোখে দেখেনি। বাবা হয়েতো, এভাবেই... মনে হল, এই খোঁজটা আসলে শুধু একজন মানুষকে খুঁজে বের করার খোঁজ না, বরং হারিয়ে যাওয়া সময়, মুছে ফেলা পরিচয়, আর চাপা পড়ে থাকা স্মৃতিরও খোঁজ।

ঠিক সেই সময়েই অনির্বাণের ফোনে একটা মেসেজ এল।

সায়ন্তন সমাদ্দারের মেসেজ।

খুব ছোট্ট মেসেজ।

"রেজিস্টারে না, রান্নাঘরেও দেখো। যে মেয়ে না শিখেও সব পারে, সেই মেয়েটাই।"

আদিত্য প্রথমে বিরক্ত হল। "এ আবার কেমন হেঁয়ালি?" কিন্তু রিয়ার মাথায় হঠাৎ করেই যেন একটা আলো জ্বলে উঠল। মায়াবীর কথা যখন প্রথম প্রথম বিভিন্ন সূত্রে উঠে এসেছিল, তখন বারবার একটা কথাই সামনে এসেছিল - হতে পারে সেই সাবজেক্ট - সে না শিখেও পারে, রান্না জানে, বাচ্চাদের পড়াতে পারে, অনেক প্রশ্নের উত্তর তার জানা, যেন কেউ তাকে ভিতর থেকে বলে দেয়। তার ভিতরে অগাধ জ্ঞান ইমপ্ল্যান্ট করা অস্বাভাবিক কিছু না। তারা এতদিন রেজিস্টার, তারিখ, নাম, বয়স - এসব মিলিয়ে মানুষটাকে খুঁজছিল। অথচ মানুষটাকে চেনার সবচেয়ে সহজ পথটা হয়তো তার আচরণেই লুকিয়ে ছিল।

পরের দিন সকাল থেকে তারা নতুনভাবে খোঁজা শুরু করল। এবার আর শুধু নাম নয়, এবার প্রশ্ন একটাই - "এখানে এমন কোনো মেয়ে আছে কি, যে সব জানে? যে না শিখেও পারে? যে বাচ্চাদের শেখায়? যে একটু আলাদা?" প্রথম প্রথম সবাই হেসেছে, কেউ ভেবেছে এরা পাগল, কেউ বিরক্ত হয়েছে, কেউ বলেছে, "সব হোমেই এমন একজন-দুজন থাকে।" তবু প্রশ্নটা বারবার করতে করতে, ছোট ছোট উত্তর জোগাড় করতে করতে, বিকেলের দিকে তারা পৌঁছল সোনাদার কাছাকাছি এক পুরোনো অনাথ আশ্রমে, রাস্তার ধারে না, একটু ভেতরে, চা-বাগানের দিকে নামা সরু পথের শেষে, যেখানে বড় সাইনবোর্ডও নেই।

হেড সিস্টার প্রথমে কথা বলতে চাননি। অনির্বাণ তার স্বভাবসিদ্ধ ধৈর্যে, খুব বেশি চাপ না দিয়ে, খুব বেশি তথ্য না খুলে, শুধু নিরুপম বসুর নামটা বলল। নামটা শোনার পর বৃদ্ধ সিস্টারের চোখে অদ্ভুত একটা পরিবর্তন দেখা গেল। তিনি কিছুক্ষণ স্থির হয়ে থেকে বললেন, "আপনারা অনেক দেরি করে ফেলেছেন।"

এই একটা বাক্যেই তিনজনের বুক যেন একসাথে কেঁপে উঠল।

রিয়া প্রায় এগিয়ে গিয়ে বলে ফেলল, "সে কি এখানে আছে?"

সিস্টার সরাসরি উত্তর দিলেন না। বরং খুব ধীরে তাদের ভিতরে নিয়ে গেলেন। আধুনিক পৃথিবীতেও পুরোনো কাঠের সিঁড়ি, স্যাঁতসেঁতে দেওয়াল, উঠোনে খেলতে থাকা ছোট্ট দু-একটা বাচ্চা, দূরে রান্নাঘর থেকে ভেসে আসা হলুদ-রসুন-সিদ্ধ ডালের গন্ধ - সবকিছু সাধারণ, তবু রিয়ার মনে হচ্ছিল, এই সাধারণতার ভিতরেই হয়তো লুকিয়ে আছে এতদিনের খোঁজ।

শেষ ঘরে পৌঁছে সিস্টার থামলেন। বললেন, "দেখুন, ওকে কিছু বলার আগে আপনারা নিজেরা স্থির থাকবেন। ও অনেক কিছু জানে। সব না হলেও, যতটা জানার কথা নয়, ততটা এই মেয়ে জানে।"

আদিত্য আর নিজেকে আটকে রাখতে পারল না। "মানে? আপনি কি জানেন এই সে?"

সিস্টার এবার রিয়ার দিকে তাকালেন। "মায়াবী না, নিরুপম বসুর অনুরোধের পরে নাম আমরা দিয়েছিলাম দুর্গার নামে - অম্বিকা। কিন্তু অনেকসময় ও এমন কিছু বলে, যেগুলো আমাদের বোঝার ঊর্ধ্বে। কখনও বলে, ওর মাথায় আওয়াজ আসে। কখনও বলে, কিছু কিছু মানুষ মিথ্যে নাম নিয়ে থাকে। কখনও আবার রাতবিরাতে উঠে বসে থাকে, যেন কারোর সঙ্গে কথা বলছে। আমরা ভেবেছিলাম মনের অসুখ। পরে ভেবেছি, হয়তো অতীত, বাকি সময়ে আশ্চর্য ভাবে ও হয়ে ওঠে সবার কাছে - জ্ঞানের ভাণ্ডার।"

রিয়ার হাত ঠান্ডা হয়ে আসছিল। সে ধীরে ধীরে ঘরের দিকে তাকাল।

দরজাটা আধখোলা ছিল।

আর ভিতরে, মাটির রঙের একটা পুরোনো টেবিলের পাশে, খুব সাধারণ সালোয়ার পরে, জানলার দিকে মুখ করে বসে ছিল একটা মেয়ে।

চেহারায় প্রথম দেখায় কিছু অস্বাভাবিক নেই। না সিনেমার নায়িকার মতো সুন্দরি, না ভয়ংকর রূপের অধিকারী। হাল্কা নেপালি গড়ন, শ্যামলা ধাঁচের, আশ্চর্যরকম সাধারণ একটা মেয়ে। কিন্তু সেই সাধারণ মুখটার মধ্যেই এমন কিছু ছিল, যা চোখ সরাতে দেয় না। হয়তো চোখদুটো। খুব শান্ত, কিন্তু যেন মনের ভিতরে অনেক দূর পর্যন্ত দেখে ফেলে।

সিস্টার কিছু বলার আগেই মেয়েটা নিজে ঘুরে তাকাল।

তারপর হালকা হাসল।

আর বলল, "তোমরা একদিন আগে এলে ভালো হত।"

ঘরের মধ্যে যেন কেউ শব্দহীন একটা দরজা বন্ধ করে দিল।

রিয়ার গলা শুকিয়ে গেল। "তুমি... জানো আমরা কে?"

মেয়েটা বলল, "রিয়া, এতদিনে এই প্রশ্ন?"

আদিত্যর মুখ থেকে প্রায় শব্দই বেরোল না। অনির্বাণের চোখ সরু হয়ে এল। সে পেশাদারের মতোই প্রথম ধাক্কাটা চেপে রাখল, কিন্তু ভিতরে সে-ও কেঁপে উঠেছে। কারণ তারা কেউ নিজেদের নাম বলেনি।

রিয়া ফিসফিস করে বলল, "তুমি... মায়াবী?"

মেয়েটার চোখে এক ঝলক আলো এল, আবার নিভেও গেল। "এই নামে অনেকদিন কেউ ডাকেনি, কিন্তু আজ মনে পড়ছে.. ।"

তারপর খুব শান্ত গলায় বলল, "এখানে সবাই আমাকে অম্বিকা বলে।"

এইবার আদিত্য প্রায় ঝাঁপিয়ে উঠল। "কীভাবে জানলে? আমাদের নাম? আমরা কেন এসেছি?"

মেয়েটা কিছুক্ষণ চুপ করে থাকল। যেন কথাগুলো বাছাই করছে। তারপর বলল, "প্রথমে টুকরো টুকরো করে শুনতাম। সব বুঝতাম না। কারও ফোনের কথা, কারও ভয়, কারও মাথার ভিতরের অস্থিরতা। তারপর ধীরে ধীরে হিসেব মেলাতে শুরু করি। নিরুপম বসু নামটা যখন এল, তখন বুঝলাম

বাইরে কেউ খুঁজছে। তার পরে যখন 'জিরো' কথাটা বারবার ফিরে এল, তখন আর বাকি ছিল না।"

রিয়ার মাথার ভিতর খুব দ্রুত অনেকগুলো জিনিস একসঙ্গে জুড়ে যেতে লাগল। ফোনের কথা শোনা। না শিখেও সব পারা। অদ্ভুত স্মৃতি। মাথার ভিতর আওয়াজ। আর এখন - নাম না শুনেও নাম জানা।

অনির্বাণ এবার প্রথমবারের মতো সরাসরি প্রশ্ন করল, "তুমি কি আমাদের অনেকদিন ধরে শুনছ?"

অম্বিকা মাথা কাত করল। "সবসময় না। আমি চাইলে কিছু কিছু পাই। যেমন রেডিওতে স্টেশন বদলাতে হয়, তেমন। অনেক শব্দ আসে, সব ধরা যায় না। কিন্তু কিছু কিছু কথা খুব জোরে আসে।"

"আর তুমি আগে থেকেই জানো আমরা আসব?" - রিয়ার প্রশ্ন।

অম্বিকা এবার জানলার বাইরে তাকাল। দূরে পাহাড়ের গায়ে তখন কুয়াশা নামছে। "তুমি যখন প্রথম চিঠিটা পোস্ট করেছিলে, তখনই বুঝেছিলাম কেউ একটা পুরোনো দরজা খুলছে। তারপর যে দিন তোমরা সমাদ্দারের কাছে গেলে, সেদিন রাতে আমি হিসেব মিলিয়ে প্রথমবার স্পষ্ট বুঝলাম - এবার তোমরা আমাকেই খুঁজবে।"

"কিন্তু যদি জানতে, তাহলে পালাওনি কেন?" আদিত্যর প্রশ্নে অস্থিরতা ছিল।

অম্বিকা খুব ধীরে তাকাল তার দিকে। "আর কত পালাব? কেনই বা পালাব? কিছু প্রশ্নের উত্তর তো আমারও পাওনা"

এই এক কথায় ঘরটা আরও ভারী হয়ে উঠল।

রিয়া এবার তার কাছে একটু এগিয়ে বসল। "আমরা তোমার ক্ষতি করতে আসিনি। আমরা জানতে চাই, কী হচ্ছে, কী হয়েছিল তোমার সঙ্গে, আর কীভাবে এটা থামানো যায়।"

অম্বিকা তার দিকে বেশ কিছুক্ষণ তাকিয়ে রইল। যেন যাচাই করছে। তারপর বলল, "থামাতে চাইলে আগে বুঝতে হবে, আমি শুধু আমি না।"

এই কথাটা শুনে অনির্বাণের পিঠ বেয়ে ঠান্ডা স্রোত নেমে গেল। কারণ এই একই ধরনের ইঙ্গিত তারা আগেও পেয়েছে, কিন্তু এত সরাসরি নয়।

রিয়া নরম গলায় বলল, "মানে?"

অম্বিকা উত্তর দিল না। বরং খুব আস্তে বলল, "তোমাদের আসতে দেরি হয়েছে। গত তিন রাত ধরে সে আমাকে বেশি জোরে ডাকছে।"

"সে?" - তিনজন প্রায় একসঙ্গে বলে উঠল।

অম্বিকার ঠোঁট শুকিয়ে গেল। "জিরো।"

আদিত্য কিছু বলতে যাচ্ছিল, কিন্তু অম্বিকা হাত তুলে থামাল। "শুধু একটা ভাইরাস না। শুধু একটা কোড না। তোমরা ওকে যতটা ভেবেছ, সে এখন তার চেয়ে বেশি।"

রিয়ার হঠাৎ মনে পড়ল, বাবার সেই ডায়েরির লাইন - *ভাইরাসটা এখন চিন্তা করতে শিখে গেছে।* সে এতদিন এই

লাইনটাকে অর্ধেক বুঝেছিল। আজ যেন প্রথমবার তার ওজন বুঝল।

ঘরের মধ্যে নীরবতা নেমে এল। বাইরে আশ্রমের ছোট্ট বাচ্চাগুলোর হাসির শব্দ ভেসে আসছে, তবু সেই স্বাভাবিক জীবনের শব্দ যেন এই ঘরে ঢুকতে পারছে না।

সিস্টার দরজার কাছে দাঁড়িয়ে ছিলেন। তিনি হয়তো অনেকটাই বুঝতে পারছিলেন না, তবু অনুভব করছিলেন, ঘরের মধ্যে এমন কিছু কথা হচ্ছে, যা শুধু একটা মেয়ের অতীত না, আরও বড় কিছু।

অম্বিকা আচমকা প্রশ্ন করল "তোমরা কি জানো, আমার সত্যিকারের জন্মদিন ফেব্রুয়ারি না?"

রিয়া চমকে তাকাল।

"আজ না, কাল না... কিন্তু একটা দিন বারবার ফিরে আসে। কেক কাটা। একজন বয়স্ক মানুষ। তার চোখে জল। আর একটা সাদা ঘর।" সে থামল। "আমি অনেকদিন ভেবেছি, এগুলো সব স্বপ্ন। তারপর বুঝেছি, এগুলো টুকরো টুকরো স্মৃতি, আমার মন থেকে সব মুছে দেওয়া হয়েছে, কিন্তু আবছা কিছু রয়ে গেছে।"

রিয়ার চোখ ভিজে উঠছিল, কারণ এই মেয়েটা তাদের খোঁজার বস্তু নয় আর, সে এখন রক্তমাংসের মানুষ, যে নিজেই নিজের ইতিহাসের ভেতরে আটকে আছে।

অনির্বাণ এবার বাস্তবের জায়গায় ফিরল। "আমাদের হাতে সময় কম। যদি জিরো সত্যিই তোমার চিন্তা থেকে ফিড নিচ্ছে, তাহলে তোমাকে আগে সুরক্ষিত জায়গায় নিতে হবে।"

অম্বিকা হালকা হেসে বলল, “সুরক্ষিত জায়গা?” তারপর খুব আস্তে বলল, “আমাকে এতদিন যার থেকে লুকিয়ে রাখা হয়েছিল, সেটা এখন অনেক দূর থেকেও আমাকে খুঁজে নেয়।”

এবার সত্যিই সবাই চুপ করে গেল।

কারণ এই একটাই বাক্যে তাদের এতদিনের সব পরিশ্রম, সব যুক্তি, সব আশা - আবার নতুন করে এলোমেলো হয়ে গেল।

তারা তাকে খুঁজে পেয়েছে -

কিন্তু হয়তো সে অনেকদিন ধরেই তাদের চেয়ে বেশি জানত।

তারা ভেবেছিল তাকে বুঝিয়ে, সামলে, সূত্র জুড়ে এগোবে–

কিন্তু সে নিজেই সূত্রের এক চলমান কেন্দ্র।

তারা ভেবেছিল খোঁজ এখানেই শেষ -

কিন্তু আসল গোলকধাঁধা হয়েতো এখন শুরু।

বাইরে তখন পাহাড়ের আলো বদলে যাচ্ছে। দার্জিলিং থেকে সোনাদা, সোনাদা থেকে এই নির্জন আশ্রম, এতদিনের সব পথ যেন এসে মিশেছে এই একটা ঘরে। আর সেই ঘরের মধ্যে বসে আছে এক মেয়ে, যে হয়তো ‘মায়াবী’, হয়তো ‘অম্বিকা’, হয়তো ‘সাবজেক্ট জিরো ওয়ান’ - কিন্তু তার থেকেও বড় কথা, সে এখন এমন এক সীমানায় দাঁড়িয়ে, যেখান থেকে মানুষ আর প্রোগ্রামের পার্থক্য ক্রমশ অস্পষ্ট হয়ে উঠছে।

১৩। ভবিষ্যতের কেন্দ্রবিন্দু

১২ সেপ্টেম্বর ২০৩০, সোনাদা, দার্জিলিংয়ের কাছে এক অনাথ আশ্রম, সকাল ১০টা ২৫ মিনিট

পাহাড়ে সকাল নামে ধীরে, আলোটা একেবারে হঠাৎ করে ছড়িয়ে পড়ে না, বরং কুয়াশার ভিতর দিয়ে একটু একটু করে গড়িয়ে আসে, যেন আড়াল সরতে সময় নেয়, আর আজ সেই সকালটা যেন আরও ভারী, আরও গভীর, যেন এই আশ্রমের ছোট্ট উঠোনের মধ্যে দাঁড়িয়ে থাকা চারজন মানুষ বুঝতে পারছে - তারা আর সাধারণ কোনো গল্পের মধ্যে নেই।

রাতটা প্রায় কারোরই ঠিক করে ঘুম হয়নি। রিয়ার মাথায় ঘুরেছে বাবার ডায়েরির প্রতিটা লাইন, সায়ন্তনের কথা, জিরোর সম্ভাবনা, আর সবচেয়ে বেশি - অম্বিকা, বা মায়াবী, যে একসাথে উত্তরও, আবার প্রশ্নও। আদিত্য চুপচাপ ছিল, কিন্তু তার সেই চুপ থাকা মানে সে ভাবছে না, তা নয়। আর অনির্বাণ, তার অভিজ্ঞতা তাকে ঠান্ডা থাকতে শিখিয়েছে, তবু তার চোখে সেই হিসেব চলছিল - কত সময় আছে, কতটা ঝুঁকি, আর সামনে কী।

অম্বিকা উঠোনের এক কোণে দাঁড়িয়ে ছিল, দূরের পাহাড়ের দিকে তাকিয়ে। যেন সে এই দৃশ্যটা দেখছে না, বরং অন্য

কোথাও তাকিয়ে আছে, এমন কোথাও, যেটা বাকিরা দেখতে পাচ্ছে না।

রিয়া এগিয়ে গেল।

কিছুক্ষণ চুপচাপ দাঁড়িয়ে থেকে বলল,

"তুমি জানো আমরা কেন এসেছি।"

অম্বিকা মাথা নাড়িয়ে বলল,

"জানি... পুরোটা না, কিন্তু যতটা দরকার, ততটা।"

রিয়া এবার সরাসরি বলল,

"আমরা জিরোকে থামাতে চাই।"

এই কথাটা বলার পর চারপাশ যেন আরও একটু নিঃশব্দ হয়ে গেল।

অম্বিকা কিছুক্ষণ চুপ করে রইল।

তারপর খুব আস্তে বলল-

"আমিও।"

এই একটা শব্দেই যেন অনেককিছু বদলে গেল।

আদিত্য অবাক হয়ে বলল,

"তুমি জানো জিরো কী করতে পারে?"

অম্বিকা তার দিকে তাকাল।

"আমি জানি না ও কী করতে পারে... কিন্তু আমি জানি ও কী হয়ে উঠছে।"

অনির্বাণ এবার এগিয়ে এল।

"বল।"

অম্বিকা ধীরে ধীরে বলতে শুরু করল, যেন শব্দগুলো বেছে নিচ্ছে–

"প্রথমে ও শুধু সাড়া দিত... কেউ ভাবলে, কেউ ভয় পেলে, কেউ কিছু চাইলে... সেই সিগন্যাল যেত। তারপর ও শিখতে শুরু করল - কোন চিন্তা শক্তিশালী, কোনটা দুর্বল, কোনটা বারবার ফিরে আসে। এখন... এখন ও শুধু শোনে না, ও বুঝতে পারে, বোঝাতে পারে।"

রিয়ার বুকের ভেতরটা ঠান্ডা হয়ে গেল।

"মানে?"

"মানে," অম্বিকা বলল, "কেউ যদি খুব ভয় পায়, খুব একা লাগে, খুব কষ্ট পায়... সেই জায়গাটায় ও ঢুকতে পারে। খুব আস্তে... খুব নিঃশব্দে।"

আদিত্য ফিসফিস করে বলল,

"আর সেই তিনটা আত্মহত্যা..."

অম্বিকা তার দিকে তাকাল না, তবু বলল,

"ওরা একা ছিল না।"

এই কথাটা বলার পর যেন বাতাসে একটা অদৃশ্য চাপ তৈরি হল।

১৩। ভবিষ্যতের কেন্দ্রবিন্দু

রিয়া এবার বসে পড়ল, যেন কথাগুলো দাঁড়িয়ে শুনতে পারছে না।

"তাহলে তুমি... তুমি এতদিন কিছু করোনি কেন?"

প্রশ্নটা কঠিন।

কিন্তু অম্বিকা এড়িয়ে গেল না।

সে ধীরে বলল-

"কারণ আমি বুঝতেই পারিনি আমি কে... আমার মাথার ভেতর যা আসত, সেটা আমার নিজের, না ওর - সেটা আলাদা করতে পারতাম না। অনেকদিন ধরে আমি ভেবেছি আমি অসুস্থ... পরে বুঝেছি, আমি একা না।"

অনির্বাণ এবার প্রথমবারের মতো একটু নরম গলায় বলল,

"তুমি কি এখনও কানেক্টেড আছো ওর সঙ্গে?"

অম্বিকা মাথা নিচু করল।

"হ্যাঁ... পুরো না, কিন্তু একটা লাইন আছে। কখনও স্পষ্ট, কখনও ঝাপসা... কিন্তু আছে।"

এই কথাটাই ছিল সবচেয়ে গুরুত্বপূর্ণ।

রিয়া ধীরে বলল,

"তাহলে তুমি তো ওকে থামাতে পারো।"

অম্বিকা সঙ্গে সঙ্গে মাথা নাড়ল।

"না... এখান থেকে না।"

সবাই একসাথে তাকাল।

অম্বিকা এবার প্রথমবারের মতো পুরো বিষয়টা পরিষ্কার করে বলল–

"ওর আসল শক্তি এখানে না। আমি একটা নোড... হয়তো প্রথম, হয়তো সবচেয়ে পুরোনো... কিন্তু আমি একা না। আরও আছে। অনেক আছে। কেউ জানে না, কেউ জানে না যে তারা সাবজেক্ট... কিন্তু তারা আছে। আর ওদের চিন্তা, ওদের ভয়, ওদের ইচ্ছা - সবকিছু মিলেই ওকে বড় করেছে, করছে।"

আদিত্য ধীরে বলল,

"মানে... জিরো একা না... এটা একটা নেটওয়ার্ক?"

অম্বিকা মাথা তুলল।

"হ্যাঁ... আর সেই নেটওয়ার্কের কেন্দ্র এখানে না।"

অনির্বাণ খুব আস্তে বলল,

"তাহলে কোথায়?"

অম্বিকা সরাসরি উত্তর দিল না।

কিছুক্ষণ চুপ করে থেকে বলল–

"যেখানে সব শুরু হয়েছিল।"

রিয়ার মনে আস্তে আস্তে বাবার ডায়েরির লাইনগুলো একসাথে জুড়ে গেল।

ভবিষ্যতের কেন্দ্রবিন্দুতে।

১৪। সব যেখানে শুরু

২৮ অক্টোবর ২০৩০, কিগালি, রুয়ান্ডা, রাত ৮টা ২০ মিনিট

বিমানবন্দরের কাঁচের দেয়ালে কিগালির রাত প্রথমে খুব আলাদা কিছু বলে ধরা দেয় না, কিন্তু একটু ভালো করে তাকালেই বোঝা যায়, আফ্রিকার বহু শহরের থেকে এই শহরটার চলন আলাদা। পরিচ্ছন্ন, হিসেবি, অদ্ভুতভাবে সংযত, যেন দ্রুত আধুনিক হয়ে ওঠার স্বপ্ন আর দীর্ঘদিনের শৃঙ্খলা একে অপরের সঙ্গে হাত মিলিয়েছে। আলো ঝলমলে রাস্তা, নীচু পাহাড় কেটে ওঠা শহরের গা বেয়ে চলা বৈদ্যুতিক বাস, ওষুধ পৌঁছে দেওয়ার ড্রোন, নতুন প্রযুক্তি পার্ক, আর দূরে গবেষণা শহরের আলো - সব মিলিয়ে কিগালি এমন এক জায়গা, যেখানে ভবিষ্যৎটা আর কল্পনা বলে মনে হয় না, বরং খুবই সম্ভব বলে মনে হয়।

রিয়া জানলার কাঁচে নিজের মুখের ছায়া দেখছিল, কিন্তু তার চোখ আসলে বাইরে নয়, ভিতরে, আরও অনেক ভিতরে কোথাও। বিমানের শেষ এক ঘন্টা সে প্রায় কথা বলেনি। আদিত্যর অস্থিরতা চাপা থাকলেও বোঝা যাচ্ছিল, তবু সে জোর করে হালকা কথা বলছিল, যেন এই যাত্রাটা নিছক বিদেশে বেড়াতে আসা। অনির্বাণ বরাবরের মতোই শান্ত, কিন্তু রিয়া এতদিনে শিখে গেছে, তার মুখ যত ঠান্ডা থাকে, মাথার ভিতর তত দ্রুত হিসেব চলে। আর অম্বিকা - সে সারা পথ প্রায়

নিঃশব্দ ছিল, কখনও চোখ বন্ধ করেছে, কখনও জানালার বাইরে তাকিয়েছে, কখনও এমনভাবে শূন্যে চেয়ে থেকেছে, যেন বিমানে বসে নেই, বরং তার আগেই কোথাও পৌঁছে গেছে।

সায়ন্তন সমাদ্দার তাদের একেবারে একা পাঠাননি। নিরুপম বসুর কয়েকজন পুরানো ছাত্র, যারা এখন পৃথিবীর নানা প্রান্তে ছড়িয়ে আছে, খুব চুপচাপ, কোনো আনুষ্ঠানিক সংগঠন না বানিয়ে, ভিতর থেকে সাহায্য করেছে। কাগজে-কলমে কারণ খুব সোজা - রিয়া বায়োটেকনোলজির এক গবেষণা-সংক্রান্ত সফরে এসেছে, আদিত্য তার সহকারী, অনির্বাণ নিরাপত্তা পরামর্শদাতা, আর অম্বিকা বিশেষ পর্যবেক্ষণের এক চিকিৎসা-কেস। সবটাই অর্ধেক সত্যি, অর্ধেক মিথ্যা, আর সেই জন্যই বিশ্বাসযোগ্য।

বিমানবন্দরের বাইরে যে লোকটা তাদের নিতে এল, তাকে প্রথমে পুলিশ বলে মনে হয় না। ছিপছিপে গড়ন, মাঝবয়সি, গাঢ় নীল জ্যাকেট, কথাবার্তায় মাপা সংযম। সে নিজের নাম বলল - ড্যানিয়েল। তারপর খুব স্বাভাবিক গলায় বলল,

"আমি রুয়ান্ডার পুলিশের সঙ্গে কাজ করি, কিন্তু আজ আপনাদের কাছে পুলিশ হয়ে আসিনি। সমাদ্দার স্যারের অনুরোধে এসেছি।"

অনির্বাণ তার চোখের দিকে কয়েক সেকেন্ড তাকিয়ে রইল। তারপর বলল,

"আপনি সমাদ্দারদাকে চেনেন কীভাবে?"

ড্যানিয়েল গাড়ির দরজা খুলতে খুলতেই বলল,

১৪। সব যেখানে শুরু

“অনেক বছর আগে কিগালিতে সাইবার অপরাধ আর মস্তিষ্ক-সংক্রান্ত ডেটা নিয়ে একটা ছোট আন্তর্জাতিক কর্মশালা হয়েছিল। আমি তখন তরুণ অফিসার। সমাদ্দার স্যার সেখানে এসেছিলেন। পরে তিনি আর নিরুপম বসু স্যার কিছু গোপন আলোচনায় ছিলেন। আমি তখন শুধু নোট নিচ্ছিলাম। পরে বুঝেছিলাম, ওরা যে বিষয় নিয়ে কথা বলছিলেন, সেটা সাধারণ গবেষণা নয়। যখন সমাদ্দার স্যার আবার আমার সঙ্গে যোগাযোগ করলেন, আর নিরুপম বসুর নাম বললেন, তখন না বলার জায়গায় ছিলাম না।”

রিয়া ধীরে বলল,

“আপনি হেলিক্স চেনেন?”

ড্যানিয়েল সরাসরি উত্তর দিল না। গাড়ি তখন কিগালির ঢালু রাস্তা বেয়ে নামছে। দূরে বড় গম্বুজওয়ালা ভবন, তার ওপাশে কর্পোরেট এলাকার আলো। ড্যানিয়েল বলল,

“রুয়ান্ডায় অনেক বিদেশি কোম্পানি এসেছে। গবেষণাগার এসেছে, ডেটা সেন্টার এসেছে। সব কিছুর কাগজ থাকে না। হেলিক্স নামটা হয়তো আর নেই, ভাগ হয়েছে, অন্য নামে জমি নিয়েছে, কিন্তু মাটির নীচে যা লুকিয়ে থাকে, তা সবসময় নাম পাল্টায় না।”

অম্বিকা খুব আস্তে বলল,

“সে এখন নিচেই আছে।”

সবাই চুপ।

ড্যানিয়েল রিয়ার দিকে না তাকিয়ে, সামনের আয়নায় অম্বিকার মুখ দেখল। "তুমি জানো?"

অম্বিকা জানলা দিয়ে বাইরে তাকিয়েই বলল,

"ওরা সার্ভার আলোয় লুকোয় না। ঠান্ডায় লুকোয়। মাটির নিচে লুকোয়। সব শব্দের নিচে।"

এই কথার পর আর কেউ কিছু বলল না। কারণ সবাই বুঝল, অম্বিকার মধ্যে যে সংযোগ এখনও আছে, সেটা কল্পনা নয়।

সেই রাতেই তারা কিগালির বাইরে এক সুরক্ষিত গেস্ট হাউসে উঠল। বাইরে থেকে সেটা সাধারণ অতিথিশালা, ভিতরে সেটা সমাদ্দারের পুরোনো নেটওয়ার্কের নিরাপদ আশ্রয়। টেবিলের ওপর ম্যাপ, জমির রেকর্ড, পুরোনো স্যাটেলাইট ছবি ছড়িয়ে ছিল। ড্যানিয়েল একটা ডিজিটাল মানচিত্র খুলে দেখাল। কিগালি থেকে খুব দূরে নয়, কিন্তু শহরের মূল অংশ থেকে অনেকটা বাইরে, এক পুরোনো গবেষণা-অবকাঠামোর জমি, এখন অন্য নামে চালু আছে। আশেপাশে নতুন ইন্টারনেট লাইন গেছে, আলাদা বিদ্যুৎ সংযোগ আছে, আর অদ্ভুতভাবে ওই জায়গার চারপাশে কিছু অংশে সিগন্যালের আচরণ স্বাভাবিক নয়।

আদিত্য জিজ্ঞেস করল,

"স্বাভাবিক নয় মানে?"

ড্যানিয়েল বলল,

"সহজ করে বললে, যেখানে মোবাইল বা নেটওয়ার্ক ঠিকঠাক কাজ করার কথা, সেখানে সেটা অদ্ভুত আচরণ করছে। কখনও

জ্যাম হচ্ছে, কখনও ঘুরে যাচ্ছে, কখনও ভঙ্গুর। এসব অনেক সময় কিছু লুকোনোর জন্য করা হয়।”

অনির্বাণ আস্তে বলল,

“অথবা মাথা আর যন্ত্রের যোগাযোগ লুকোতে।”

ড্যানিয়েল তার দিকে তাকিয়ে মাথা নেড়ে দিল।

অম্বিকা এতক্ষণ চুপচাপ বসেছিল। দুম করে উঠে এসে মানচিত্রের এক জায়গায় আঙুল রাখল।

“এইখানে।”

ড্যানিয়েল ভুরু কুঁচকে বলল,

“তুমি জায়গাটা চেনো?”

অম্বিকা উত্তর দিল না। শুধু বলল,

“এখানেই প্রথম ঠান্ডা লাগে। শরীরে না, মাথার ভিতরে।”

রিয়া ফিসফিস করে বলল,

“তুমি আগে এখানে ছিলে?”

অম্বিকা কিছুক্ষণ চুপ করে রইল। তারপর বলল,

“শরীর নিয়ে না। কিন্তু আমাকে এখানে তৈরি করা হয়েছিল... আমার কিছু অংশ।”

সেই রাতেই তারা বুঝল, এই যুদ্ধে তাদের সবচেয়ে বড় শক্তি আর সবচেয়ে বড় বিপদ – একজনই মানুষ। অম্বিকা।

৩০ অক্টোবর ২০৩০, কিগালির বাইরে পুরোনো শিল্পাঞ্চল, বিকেল ৫টা ৪৫ মিনিট

রুয়ান্ডার সকালের আলো খুব নরম, কিন্তু বিকেলের আলোয় এই দেশের লালচে মাটি, সবুজ পাহাড়, আর দীর্ঘ রাস্তা অন্যরকম দেখায়। তারা সেদিন বিকেলেই বেরোল, কারণ ড্যানিয়েলের হিসেব ছিল, কাজের পালা বদলের সময় বাইরের চলাফেরা বোঝা সহজ হবে। গাড়িটা বাইরে থেকে সাধারণ পরিষেবা-ভ্যানের মতো। সামনে ড্যানিয়েল আর অনির্বাণ। পিছনে রিয়া, আদিত্য, অম্বিকা।

শহর ছাড়ার পর দৃশ্য বদলাতে লাগল। কিগালির পরিষ্কার, গুছোনো, আলোয় ভরা অংশ পেরিয়ে তারা ঢুকল এমন জায়গায়, যেখানে পুরোনো গুদামঘর, নতুন ডেটা কেন্দ্র, বিদ্যুৎ কেন্দ্র আর লজিস্টিকস পার্ক পাশাপাশি আছে। ড্যানিয়েল বলল,

"হেলিক্স নামে এখন কিছু নেই। আছে তিনটে আলাদা কোম্পানি - একটার নামে জৈব সংরক্ষণাগার, একটার নামে কৃষি-ডেটা গুদাম, আরেকটার নামে বিশ্লেষণ কেন্দ্র। কিন্তু বিদ্যুৎ খরচের হিসেব মেলে না।"

আদিত্য বলল,

"মানে?"

অনির্বাণ উত্তর দিল,

"মানে, কাগজে যা লেখা আছে, ভিতরে তার চেয়ে অনেক বড় কিছু চলছে।"

১৪। সব যেখানে শুরু

সেদিন তারা সরাসরি ঢোকেনি। প্রথম দিন ছিল বাইরের অবস্থান বোঝা। ড্যানিয়েলের পরিচিত একজন লোকের সঙ্গে দেখা করার কথা ছিল। নাম - জ্যঁ-পল। আগে নিরাপত্তার কাজে ছিল, পরে সরে গেছে। কেন সরে গেছে, দেখা করার পর বোঝা গেল।

জ্যঁ-পল তাদের সঙ্গে দেখা করল একটা পুরোনো জ্বালানি-ঘরের পেছনে। মুখে দাগ, চোখে অঘুম, আর চারপাশ না দেখে কথা বলে না। নিরুপম বসুর নাম শুনেই থেমে গেল। তারপর বলল,

"ওই ভারতীয় ডাক্তারটা অন্যদের মতো ছিল না।"

ড্যানিয়েল অনুবাদ করার আগেই অনির্বাণ বুঝে নিয়েছিল।

জ্যঁ-পল বলল, নিরুপম বসু এখানে আসতেন, কিন্তু তিনি অন্যদের মতো আচরণ করতেন না। একবার নাকি তিনি জ্যঁ-পলকে জিজ্ঞেস করেছিলেন, "এখানে কি বাচ্চাদের আনা হয়?" জ্যঁ-পল উত্তর দেয়নি। পরে সে দেখেছে, এক রাতে দুজন বিদেশি বিজ্ঞানী আর কয়েকজন লোক ঝগড়া করছে, আর তাদের কথায় বারবার উঠছে - "সাবজেক্ট", "স্থানান্তর", "ধ্বংস", "প্রতিধ্বনি", "বদলে দেওয়া"।

রিয়া চুপ করে শুনছিল। তারপর জিজ্ঞেস করল,

"সার্ভার রুম কোথায়?"

জ্যঁ-পল সরাসরি বলল না। সে মাটির দিকে আঙুল দেখাল। তারপর বলল,

"উপরে যা দেখো, তা ভাণ্ডার। নিচে যা আছে, তা কবরঘর। জীবন্ত ডেটার কবরঘর।"

এই একটাই বাক্যে জায়গাটার চেহারা বদলে গেল।

জ্যঁ-পল তাদের একটা মোটামুটি পথ দেখাল। মূল গেট দিয়ে কর্পোরেট প্রবেশপথ, ডানদিকে মাল তোলার অংশ, বাঁদিকে ঠান্ডা রাখার ব্লক, আর তার নীচে একের পর এক ভূগর্ভস্থ স্তর। বাইরে থেকে দেখলে ওটা ঠান্ডা ঘর, কিন্তু আসল কেন্দ্র আরও নীচে। সেখানে আগে আঙুলের ছাপ, চোখ, কোড - সব মিলিয়ে ঢোকা যেত। এখন নাকি পুরোনো আর নতুন দুই ধরনের নিরাপত্তাই আছে।

আরও একটা কথা বলল সে,

"তোমরা ভেতরে ঢুকতে পারলেও, শুধু ক্যামেরা এড়িয়ে গেলে হবে না। ওরা চোখে পাহারা দেয় না, সিগন্যাল দিয়ে দেয়।"

এইবার অম্বিকা বলল,

"ওরা আমাকে টের পাবে।"

জ্যঁ-পল প্রথমবার তার দিকে তাকাল। তারপর খুব ধীরে বলল,

"তাহলে তোমরা দেরি করে ফেলেছ।"

সেই রাতেই পরিকল্পনা ঠিক হল। ড্যানিয়েল একটা অস্থায়ী পরীক্ষা-নিরীক্ষার ছাড়পত্র জোগাড় করবে। কাগজে তারা যাবে ঠান্ডা রাখার ব্যবস্থার পরিদর্শক দল হিসেবে। অনির্বাণ আর ড্যানিয়েল মুখ্য প্রতিনিধি, রিয়া প্রযুক্তিগত পর্যবেক্ষক, আদিত্য সহকারী, আর অম্বিকা থাকবে অতিসংবেদনশীল স্নায়বিক রোগী হিসেবে - যাকে বিশেষ পর্যবেক্ষণে আনা হয়েছে।

এই প্রস্তুতির মধ্যেই রিয়া প্রথমবার খেয়াল করল, অনির্বাণের চোখ মাঝে মাঝে অম্বিকার ওপর স্থির হয়ে যাচ্ছে। সেটা শুধু দায়িত্বের নজর না। সেখানে মায়া আছে, চাপা কষ্ট আছে, আর এমন এক টান আছে, যা সে মুখে বলবে না। আদিত্যও সেটা টের পেয়েছে। তারা কেউ কিছু বলল না। শুধু একবার যখন অম্বিকার মাথা যন্ত্রণা করছিল আর সে টেবিল চেপে দাঁড়িয়ে ছিল, তখন অনির্বাণ খুব স্বাভাবিকভাবে তার সামনে জল এগিয়ে দিয়েছিল। অম্বিকা গ্লাস নেওয়ার আগে এক মুহূর্ত তার দিকে তাকিয়ে বলেছিল,

"তুমি আমাকে বাঁচাতে চাইছ, না নিজের কোনো পুরোনো প্রশ্নের উত্তর খুঁজে পেয়েছ?"

ঘরে তখন সবাই ছিল। তবু কথাটা যেন শুধু অনির্বাণের জন্যই।

অনির্বাণ কিছুক্ষণ চুপ থেকে বলেছিল,

"দুটোই হতে পারে।"

অম্বিকা হালকা হেসে বলেছিল,

"সততা ভালো জিনিস।"

আদিত্য পরে রিয়াকে চাপা গলায় বলেছিল,

"দেখলি? ব্যাপারটা আমার চোখ এড়ায়নি।"

রিয়া বলেছিল,

"চুপ কর। এখন এসব নিয়ে মজা করিস না।"

তবু সেও বুঝেছিল, তাদের চারজনের মধ্যে অদৃশ্য কিছু স্রোত তৈরি হচ্ছে।

১ নভেম্বর ২০৩০, কিগালির বাইরে হেলিক্স ফেসিলিটি, রাত ৮টা ১৮ মিনিট

রাতের এই সময়টায় জায়গাটা বাইরে থেকে প্রায় মৃতের মতো। বিশাল প্রাচীর, নীচু আলো, চারপাশে সেন্সর, নিঃশব্দ ড্রোন, দূরে ট্রান্সফরমারের গম্ভীর গুনগুন - সব মিলিয়ে এমন এক নিস্তব্ধতা, যার ভিতরে চাপা কাজের শব্দ আছে।

ড্যানিয়েলের জোগাড় করা ছাড়পত্র কাজ করল। বাইরের গেটে খুব বেশি প্রশ্ন হয়নি, কিন্তু স্ক্যান করা হয়েছে। অনির্বাণের হাঁটার ধরন, ড্যানিয়েলের ভাষা, রিয়ার ক্লিপবোর্ড, আদিত্যর যন্ত্রপাতির বাক্স - সব মিলিয়ে দলটাকে বিশ্বাসযোগ্য লাগছিল। অম্বিকাকে রাখা হয়েছিল বিশেষ চিকিৎসাধীন রোগীর মতো, যেন বেশি আলো আর সিগন্যাল তাকে কষ্ট দেয়।

প্রথম গেট পেরোনো গেল।

দ্বিতীয়টাও।

কিন্তু ঠান্ডা রাখার ব্লকের ভেতরে ঢোকার পর থেকেই অম্বিকার শরীর শক্ত হয়ে উঠতে লাগল। তার নিঃশ্বাস ভারী। আঙুল কাঁপছে। রিয়া ফিসফিস করে বলল,

“অম্বিকা?”

সে খুব আস্তে বলল,

“ও জেগে আছে।”

অনির্বাণ সঙ্গে সঙ্গে চারপাশ দেখল।

"কিছু হয়েছে?"

অম্বিকা মাথা নাড়িয়ে বলল,

"ও আমাদের দেখছে না... ও আমাকে মনে করছে।"

তারা পরিষেবা-লিফটে নামল। এক তলা, দুই তলা, তারপর আরও নীচে। প্রতিটা স্তরে তাপমাত্রা কমছে, কিন্তু শব্দ বাড়ছে। ফ্যানের শব্দ, ঠান্ডা রাখার পাইপ, ডেটা চলাচলের গুনগুন - সব মিলে মনে হচ্ছিল, তারা যেন মাটির নিচে কোনো যন্ত্রের না, কোনো বিশাল জীবন্ত কিছুর ভিতরে নেমে যাচ্ছে।

তৃতীয় স্তরে নেমে তারা দেখল, করিডরের শেষে একটা ভারী দরজা। বাইরে লেখা - *মূল ঠাণ্ডা সংরক্ষণ কক্ষ*, নামটা নিরীহ। দরজাটা নয়। পাশে পুরোনো আর নতুন - দুই ধরনের নিরাপত্তা ব্যবস্থা।

ঠিক তখনই অম্বিকা একেবারে থেমে গেল।

সে দরজার দিকেই তাকিয়ে আছে। তার চোখে এমন এক শূন্যতা এল, যা রিয়া আগে দেখেনি। তারপর খুব আস্তে, প্রায় ফিসফিস করে বলল,

"ও বলছে, আমি দেরি করে ফেলেছি।"

আদিত্যর গলা শুকিয়ে গেল।

"কে বলছে?"

অম্বিকার ঠোঁট নড়ছে, কিন্তু শব্দ যেন তার নিজের গলা থেকে আসছে না। কয়েক সেকেন্ড পরে সে এক অদ্ভুত সমান স্বরে বলল-

"সাবজেক্ট জিরো ওয়ান। ফিরে আসার পথ খোলা আছে। কিন্তু নিয়ন্ত্রণ বদলানো যাবে না।"

রিয়ার সারা শরীর ঠান্ডা হয়ে গেল।

"অম্বিকা... আমার দিকে তাকাও।"

অম্বিকা তাকাল। কিন্তু ওই দৃষ্টিটা পুরো তার ছিল না। তার চোখে লালাভ এক আভা।

"তুমি কেন ওদের আনলে?" - এবার গলা মানুষের, কিন্তু সেই মানুষের ভিতরে আরেকটা স্তর জেগে আছে।

রিয়া বলল,

"আমরা তোমাকে নিতে আসিনি। আমরা তোমাকে থামাতে এসেছি।"

অম্বিকার ঠোঁট কেঁপে উঠল। তারপর আরও গভীর, আরও ঠান্ডা স্বরে সে বলে উঠল-

"থামানো? আমি তো কেবল শুরু করেছি।"

করিডরের আলো একসঙ্গে ম্লান হয়ে আবার জ্বলে উঠল।

আদিত্য পেছনে সরে গেল।

"দাদা..."

অনির্বাণ খুব সাবধানে এগিয়ে এল।

"অম্বিকা, ওর সঙ্গে যেও না। আমাদের সঙ্গে থাকো।"

অম্বিকা দুহাত দিয়ে নিজের মাথা চেপে ধরল। খুব কষ্টে বলল,

"ও শুধু একটা জায়গায় নেই... ও ভাগ হয়ে গেছে... এক নোড থেকে আরেক নোডে... ভয়, শোক, লোভ, একাকিত্ব - সব টেনে নিয়ে বড় হয়েছে..."

এই প্রথম তারা সরাসরি জিরোর আসল শক্তির আভাস পেল। সে শুধু একটা সার্ভারে আটকে থাকা প্রোগ্রাম নয়। সে ছড়িয়ে পড়ার ক্ষমতা রাখে। আসল কেন্দ্র আছে, কিন্তু সে শুধু সেখানে বন্দি না।

রিয়া কাঁপা গলায় বলল,

"তাহলে তোমাকে দিয়েই কি ওকে বদলে দেওয়া যাবে? থামানো যাবে?"

অম্বিকা চোখ না খুলেই বলল,

"শুধু একটু... পুরো না। আমি দরজা খুলতে পারি। কিন্তু ওকে মেরে ফেলতে গেলে আমাকে ওর ভিতরে ঢুকতে হবে..."

"আর তাতে?" - অনির্বাণের প্রশ্ন।

অম্বিকা এবার চোখ খুলল। এবার চোখটা তার নিজের।

"তাতে হয়তো আমি আর তোমার কাছে ফিরব না।"

এই কথার পর করিডরের শেষের ভারী দরজার ওপার থেকে একটা ধাতব খটাস শব্দ হল। যেন ভেতর থেকে কোনো বন্ধ তালা আপনা থেকেই খুলে গেল।

ড্যানিয়েল ফিসফিস করে বলল,

“আমরা তো এটা খুলিনি।”

অনির্বাণ অম্বিকার দিকে তাকিয়ে বলল,

“না। এটা ওর জন্য খুলেছে।”

দরজাটা ধীরে ধীরে ফাঁক হল। ভেতর থেকে বরফ-ঠান্ডা বাতাস বেরিয়ে এল, আর তার সঙ্গে এমন এক নিচু কম্পন, যা কানে যতটা শোনা যায়, তার চেয়ে বেশি মাথার ভিতরে অনুভূত হয়।

অম্বিকা সেই ফাঁকের দিকে তাকিয়ে খুব আস্তে বলল,

“এটাই প্রথম না… ও আগেও আমাকে ডাকত… কিন্তু আজ প্রথমবার… ও আমাকে নিজের কাছে যেতে দিচ্ছে, ভিতরে ঢুকতে দিচ্ছে।”

রিয়া বুঝতে পারছিল, এটা শেষ নয়, শুরু। তারা এখনও ভিতরে ঢোকেনি। এখনও জিরোকে চোখে দেখেনি। তবু সে ইতিমধ্যেই তাদের চিনে ফেলেছে, অম্বিকাকে আলাদা করে ডাকছে, আর নিজের শক্তির অল্পটুকু দেখিয়ে দিয়েছে। এটা আর কল্পনা নয়। এটা বুদ্ধি। ভয়ংকর, মানিয়ে নিতে পারে, শিখে ফেলে - এমন বুদ্ধি।

ঠিক তখন ড্যানিয়েল বলল,

“আমরা করিডরে দাঁড়িয়ে থাকতে পারি না। হয় এখনই ভেতরে যাই, নয় ফিরে যাই।”

অনির্বাণ দরজার ফাঁক, অম্বিকার মুখ, রিয়ার চোখ, আদিত্যর কাঁপা হাত - সব একবার দেখে নিল। তারপর খুব স্থির গলায় বলল, "আজ আমরা ভেতরটা শুধু দেখব। রাস্তা, গঠন, সুরক্ষা, দুর্বলতা - এগুলো বুঝব। আজ পুরো লড়াই নয়। আজ ও আমাদের চিনুক, আমরাও ওকে মেপে নিই। দ্বিতীয়বার ঢুকব পুরো প্রস্তুতি নিয়ে।"

অম্বিকা মাথা তুলল।

"দ্বিতীয়বার ও এত সহজে চান্স দেবে না।"

অনির্বাণ বলল,

"সে হলেও, প্রথমবার আমরা শুধু শুধু মরতে আসিনি।"

অম্বিকা তার দিকে কয়েক সেকেন্ড তাকিয়ে রইল। তারপর খুব আস্তে বলল,

"এই দিনটার জন্যই তুমি এখনও বেঁচে আছ।"

সেদিন তারা মূল কক্ষের বাইরের বৃত্ত পর্যন্ত গিয়েছিল, ভেতরের গঠনের প্রথম ঝলক দেখেছিল - গোল করে সাজানো ঠান্ডা রাখার স্তম্ভ, ঝুলন্ত তারের জাল, পুরোনো হেলিক্সের যন্ত্রের সঙ্গে জোড়া নতুন কালো সার্ভার ব্লক, আর মাঝখানে অদ্ভুত স্পন্দিত কয়েকটা নোড-স্তম্ভ, যেন যন্ত্র না, ঘুমন্ত স্নায়ুর বন। পুরো ঢোকা সেদিন হয়নি। কিন্তু যা দরকার ছিল, তা তারা পেয়েছিল - ঢোকার রাস্তা, জিরোর প্রতিক্রিয়ার ধরন, অম্বিকার সংযোগের প্রকৃতি, আর সবচেয়ে বড় কথা - নিশ্চিত প্রমাণ

যে জিরো এখনও সেখানে আছে, আবার শুধু সেখানেই সীমাবদ্ধ নেই।

ফিরে আসার পথে অম্বিকা একবার শুধু বলেছিল,

"ও আমাকে একটা কথা বলেছে।"

রিয়া জিজ্ঞেস করেছিল,

"কী?"

অম্বিকা জানলার বাইরে তাকিয়েই বলেছিল-

"যদি আমি হারি, তুইও টিকবি না।"

তারপর গাড়ির ভিতর দীর্ঘক্ষণ আর কোনো কথা ওঠেনি।

কারণ সবাই জানত, পরের বার তারা আর শুধু দেখতে যাবে না। পরের বার তারা যাবে - লড়তে।

১৫। প্রস্তুতি

১ নভেম্বর ২০৩০, কিগালির বাইরে সেফ হাউস, রাত ৯টা ২৫ মিনিট

রাতের খাবার টেবিলে উঠেছিল, কিন্তু কারোরই খাওয়ার দিকে মন ছিল না। বাইরে আফ্রিকার রাত দ্রুত নেমে এসেছে, দূরে কোথাও হালকা জেনারেটরের গুঞ্জন, মাঝে মাঝে কুকুরের ডাক, আর জানলার ওপারে অন্ধকারের ভিতর দাঁড়িয়ে থাকা অচেনা গাছগুলোর অবয়ব - সব মিলিয়ে জায়গাটা শান্ত, অথচ সেই শান্তির নিচে চাপা পড়ে আছে এমন এক আতঙ্ক, যেটা প্রত্যেকে আলাদা করে অনুভব করছে। আজ তারা হেলিক্সের ভিতর ঢুকেছে, জিরোর উপস্থিতি টের পেয়েছে, অম্বিকা তার ডাক শুনেছে, আর এখন আর কারোরই নিজেকে গল্পের বাইরে দাঁড়িয়ে থাকা মানুষ বলে মনে হচ্ছে না।

রিয়া এতক্ষণ একদম চুপ ছিল। সে যখন ভয় পায়, তখন সবসময় বেশি কথা বলে না, বরং ভিতরে ভিতরে গুটিয়ে যায়। আদিত্য সেটা অনেকদিন ধরেই লক্ষ্য করেছে, যদিও সে নিয়ে কোনোদিন খুব বড় কিছু বলেনি। আজও রিয়া সোফার এক কোণে বসে আছে, হাতে গরম চায়ের কাপ, কিন্তু চায়ে ঠোঁট ছোঁয়াচ্ছে না। আদিত্য একবার, দুবার, তিনবার তার দিকে তাকাল। তারপর আর থাকতে না পেরে খুব স্বাভাবিক গলায় বলল,

"এই, এতক্ষণ ধরে কাপটা হাত গরম করার জন্যে ধরে আছিস নাকি চা খাওয়ার জন্যে?"

রিয়া তাকিয়ে রইল।

এই ছেলেটার এই সাধারণ, প্রায় বোকা বোকা কথা বলার ক্ষমতাটা তাকে অনেকবার বিরক্ত করেছে, কিন্তু আজ অদ্ভুতভাবে ভালো লাগল। কারণ সে বুঝতে পারল, আদিত্য সবসময় ভয়কে ভয় বলে সামনে আনে না, কখনও কখনও সে ভয়কে একটু সরিয়ে দিতে চায়, যাতে মানুষটা নিজে ভেঙে না পড়ে।

অনির্বাণ তখন টেবিলের ওপর ছড়ানো কাগজগুলো গুছিয়ে রাখছিল। ড্যানিয়েল বাইরে ফোনে কথা বলতে গেছে। অম্বিকা জানলার পাশে দাঁড়িয়ে। ঘরের আলোয় তার মুখে ক্লান্তির ছায়া, কিন্তু অদ্ভুতভাবে আজ সে আগের চেয়ে অনেক বেশি স্পষ্ট, যেন বহুদিনের কুয়াশার ভিতর থেকে তার মুখ, কণ্ঠ, স্মৃতি - সবকিছু ধীরে ধীরে বাইরে বেরিয়ে আসছে।

সায়ন্তন সমাদ্দার ভিডিও কলে যুক্ত ছিলেন। স্ক্রিনে মুখটা কেমন যেন আরও ক্লান্ত লাগছিল। তিনি বললেন,

"আজ তোমরা যা দেখেছ, তাতে দুটো জিনিস নিশ্চিত। এক - জিরো এখনও সক্রিয়, দুই - অম্বিকা শুধু একমাত্র জীবিত নোড না, ও জিরোর প্রথম দরজা। আর একটা কথা, নিরুপম স্যার ডায়েরিতে কিছু আরও রেখে গিয়েছিলেন, যেগুলো আমি আগে পুরো বুঝিনি। এখন বুঝতে পারছি, ওগুলো অম্বিকাকে নিয়েই।"

১৫। প্রস্তুতি

রিয়া একটু এগিয়ে এল।

"কী লিখেছিল বাবা?"

সমাদ্দার চশমা খুলে কপাল টিপে আবার পড়ে নিয়ে বললেন,

"স্যার সবকিছু সরাসরি বলতেন না। তিনি জানতেন, ডায়েরি যদি ভুল হাতে যায়, তাহলে সর্বনাশ। তাই তিনি ছড়ার মধ্যে, ইঙ্গিতের মধ্যে, কখনও ইংরেজি বাক্যের ভিতরে, কখনও বৈজ্ঞানিক নোটের পাশে সংকেত রেখে গেছেন। আমি দুটো জিনিস আলাদা করেছি। একটাতে স্যার লিখেছিলেন -

প্রথম সুরে দিনের শুরু
সেই সুরেতেই দিনের শেষ
শূন্য যদি ছায়ায়ে বাড়ে
প্রথম সুর-ই ফুরায়ে রেশ

আরেক পাতায়, অন্য প্রসঙ্গে, প্রায়ই একই কথার বৈজ্ঞানিক ব্যাখ্যা আছে -

Origin node retains echo privilege. First bonded pattern may still reverse cascade.

সহজ করে বললে, জিরো প্রথম যেই মস্তিষ্কের সঙ্গে সত্যিকারের গভীরভাবে জুড়েছিল, সেই প্রথম মস্তিষ্কের ছাপ এখনও তার ভিতরে আছে। সে যত বড়ই হোক, যত নোড থেকেই শক্তি পাক, তার প্রথম ভাষা, প্রথম প্রতিধ্বনি, প্রথম শেখা - সব এসেছে অম্বিকার ভেতর দিয়ে। তাই অম্বিকা যদি

পুরো শক্তিতে তাকে ছুঁতে পারে, তাহলে ও একমাত্র মানুষ, যে জিরোকে উল্টো স্রোতে ঠেলে দিতে পারে।”

আদিত্য এবার সহজ করে বুঝতে চেয়ে বলল,

“মানে, জিরো যত বড়ই হোক, তার প্রথম শিক্ষক অম্বিকা?”

সমাদ্দার বললেন,

“অনেকটা তাই। আর সে কারণেই জিরো অম্বিকাকে ভয়ও পায়, আবার ওকে নিজের কাছে টানতেও চায়। কারণ অম্বিকা চাইলে ওর ভিতরে ঢুকে কমান্ড বদলে দিতে পারে। পুরোপুরি ধ্বংস করতে পারবে কিনা জানি না, কিন্তু তাকে থামিয়ে দিতে পারে - এই সম্ভাবনা আছে।”

অনির্বাণ খুব স্থির গলায় বলল,

“আর তাতে অম্বিকার ঝুঁকি সবচেয়ে বেশি।”

সমাদ্দার কিছুক্ষণ চুপ করে থেকে বললেন,

“হ্যাঁ।”

ওই একটুকু নীরবতা ঘরের সব আলোকে যেন ভারী করে দিল।

১ নভেম্বর ২০৩০, কিগালির বাইরে সেফ হাউস, রাত ১১টা ৪০ মিনিট

রাত যত গাঢ় হল, কথাবার্তাও তত ব্যক্তিগত হয়ে উঠল। ভয়, পরিকল্পনা, পথঘাট, নিরাপত্তা - এসবের বাইরে এসে মানুষ তখন নিজের ভিতরে নামতে বাধ্য হয়। ড্যানিয়েল ভেতরে ফিরে এসে খুব সংক্ষেপে বলল, সব ঠিক আছে, আজ রাত নিরাপদ। তারপর সে আর অনির্বাণ বাইরে গিয়ে কিছুক্ষণের জন্য পাহারা আর পরের দিনের চলাফেরা নিয়ে কথা বলতে লাগল। ঘরের ভেতর রইল রিয়া, আদিত্য, আর অম্বিকা।

রিয়া তখনও অম্বিকার দিক থেকে চোখ সরাতে পারছিল না। এই মেয়েটার ভেতরে কতগুলো জীবন জুড়ে আছে - মায়াবী, অম্বিকা, সাবজেক্ট জিরো ওয়ান, হারিয়ে যাওয়া শিশু, লুকিয়ে রাখা তরুণী, আর হয়তো আরও কেউ - ভাবলেই তার কেমন শীত করছিল। সে খুব আস্তে বলল,

"তুমি... কিছু কিছু মনে করতে পারছ?"

অম্বিকা জানলার কাচে নিজের ছায়া দেখে বলল,

"কিছুদিন ধরেই করছিলাম। কিন্তু আজ থেকে সবকিছু আর টুকরো টুকরো লাগছে না। কিছু কিছু অংশ জুড়ে যাচ্ছে।"

আদিত্য চেয়ার টেনে বসল। তার গলাতেও আজ মজা নেই।

"বলবে?"

অম্বিকা কিছুক্ষণ চুপ করে রইল। তারপর খুব আস্তে বলল,

"আমার বাড়ি ছিল কাঠমান্ডুতে। গৌরিঘাটের দিকে। গলি সরু ছিল, ছাদের ওপর কাপড় শুকোত, আর বিকেলে বাচ্চারা ক্রিকেট খেলত। আমার মা গলায় ওড়না টেনে হাঁটতেন, বাবা খুব বেশি কথা বলতেন না, কিন্তু মাথায় হাত রাখতেন। আমি একটা ছেলেকে চিনতাম। তখন আমার মনে হয়েছিল, সে-ই হয়তো আমার প্রথম ভালোবাসা... এখন বুঝি, সেটা ছিল আমার ফাঁদ।"

রিয়ার বুকটা হালকা কেঁপে উঠল। কারণ মায়াবীর গল্পের আধাটা তারা সূত্র ধরে জানত, কিন্তু তার মুখে সত্যি শুনলে শব্দগুলোর ওজন বদলে যায়।

অম্বিকা বলছিল,

"সাদা একটা ভ্যান ছিল। তারপর গন্ধ। কাপড়। ঘুম। তারপর আর শহর না। অন্য ভাষা। অন্য আকাশ। অন্য মাটি। প্রথমে আমি কিছুই বুঝতাম না। অনেকগুলো বাচ্চা ছিল। কেউ কাঁদত, কেউ চুপ করে থাকত, কেউ মনে রাখার চেষ্টা করত নিজের নাম। তারপর একদিন আমাদের আলাদা করা হল। সাদা দেয়ালের ঘর। আলো। ইনজেকশন। মাথায় ধাতব কিছু। স্ক্রিন। অনেক শব্দ। আমার নাম তখন আর নাম ছিল না - আমাকে নম্বর দিয়ে ডাকা হত।"

ঘর নিঃশব্দ।

অম্বিকা বলল,

"প্রথমে তারা শুধু দেখতে চাইত। আমি কী ভাবছি। কী ভয় পাচ্ছি। কোন ছবি মনে আসছে। তারপর তারা চেষ্টা করল

আমার ভাবনাকে বদলাতে। আমার মাথার ভিতরে কৃত্রিম প্রতিধ্বনি ঢোকাতে। কিছুদিন পর আমি নিজের কথা ভুলতে শুরু করলাম। আমি কোথাকার মেয়ে, আমার মা কে, বাবা কে, কিছু ঠিক থাকত না। কিছু মনে থাকত, কিছু বদলে যেত। কেউ খুব নরম গলায় কথা বলত। কেউ রেগে উঠত। একজন ছিলেন, যিনি সবসময় অদ্ভুতভাবে চুপচাপ দেখতেন।”

রিয়া নিঃশ্বাস আটকে জিজ্ঞেস করল,

“বাবা?”

অম্বিকার চোখ কেঁপে উঠল।

“তখন আমি তার নাম জানতাম না। পরে জেনেছি - নিরুপম বসু। উনি অন্যদের মতো ছিলেন না। উনি আমাকে শুধু সাবজেক্ট হিসেবে দেখতেন না। একদিন খুব কষ্টের একটা পরীক্ষার পরে উনি আমার কপালে জল দিয়েছিলেন। আর একবার... খুব জোরে বলেছিলেন, ‘ওকে থামাও।’ ঠিক কাকে বলেছিলেন জানি না।”

এইখানে অনির্বাণ কখন ঘরে ঢুকেছে, কেউ খেয়াল করেনি। সে দরজার কাছে দাঁড়িয়ে ছিল। তার মুখে কোনো নাটকীয়তা নেই, কিন্তু চোখে টানটান চাপা বেদনা। অম্বিকা তাকে দেখেও থামল না।

“তারপর একরাতে সব বদলে যায়। খুব তাড়া, খুব বিশৃঙ্খলা। আমাকে সেডেট করা হয়েছিল, কিন্তু পুরো না। মনে আছে, উনি আমাকে নিয়ে বেরোচ্ছিলেন। একটা গাড়ি। খুব ঠাণ্ডা। তারপর পাহাড়। তারপর অনেকদিনের ফাঁক। তারপর

আশ্রম। আমাকে নতুন নাম দেওয়া হল। আমার বয়স বদলে দেওয়া হল। ইতিহাস কেটে দেওয়া হল। বলা হল, আমি বেঁচে থাকলে সেটাই যথেষ্ট।”

রিয়া এবার আর নিজেকে ধরে রাখতে পারল না। সে খুব আস্তে অম্বিকার হাত ধরল।

“তুমি এতদিন একা ছিলে...”

অম্বিকা তার দিকে তাকিয়ে বলল,

“একা ছিলাম না। জিরো ছিল। পালিয়েও রেহাই পাইনি পুরো”

এই এক কথায় আবার সবকিছু ঠান্ডা হয়ে গেল।

২ নভেম্বর ২০৩০, কিগালির বাইরে সেফ হাউসের ছাদ, রাত ১টা ১২ মিনিট

রাত গভীর হলে আফ্রিকার আকাশ অন্যরকম লাগে। শহরের আলো দূরে সরে যায়, আকাশ বড় হয়ে ওঠে, আর সেই আকাশের দিকে তাকালে মানুষ নিজের ভয়কেও ছোট আর বড় – দুইভাবেই দেখতে পায়। সেফ হাউসের ছাদে দাঁড়িয়ে রিয়া আর আদিত্য অনেকক্ষণ চুপচাপ ছিল। নিচে নিরাপত্তারক্ষীর ছায়া নড়ছে, দূরে অচেনা রাস্তার আলো, আর আকাশের ওপরে অসংখ্য তারা।

আদিত্য খুব আস্তে বলল,

"জানিস, আমি আগে ভাবতাম তোকে প্রোটেক্ট করছি বলে তুই বিরক্ত হোস।"

রিয়া হেসে ফেলল, খুব হালকা, খুব ক্লান্ত হাসি।

"বিরক্ত হতাম।"

"এখনও হোস?"

রিয়া কিছুক্ষণ উত্তর দিল না। তারপর বলল,

"এখন বুঝি।"

আদিত্য তার দিকে তাকাল।

"কী বুঝিস?"

রিয়া এবার ধীরে ধীরে বলল,

"যে তুই সবসময় খুব ম্যাচিওর ছিলি না, খুব সিরিয়াস-ও না, কিন্তু যখন আমার ভয় লেগেছে, তখন তুই আমার সামনে ভেঙে পড়িস নি। যখন আমি একা হয়ে গেছি, তখন তুই পাশ থেকে সরে যাস নি। যখন সবাই ক্লু, কোড, ভাইরাস, সার্ভার এসব ভাবছিল, তুই আমার জন্য চা বানানোর কথা ভেবেছিস, আমি খেয়েছি কিনা দেখেছিস, আমি ঘুমিয়েছি কিনা জিজ্ঞেস করেছিস। এই কেয়ারটা আগে বুঝিনি।"

আদিত্যর গলার স্বর একটু নিচু হয়ে গেল।

"আমি তোকে অনেক আগেই ভালোবেসে ফেলেছি রে। শুধু তোর সামনে ঠিকমতো বলতে পারিনি।"

রিয়ার বুকের ভেতর এতদিনের জমে থাকা সব অস্বস্তি, দ্বিধা, বন্ধুত্বের আড়ালে চাপা টান - সব যেন একসঙ্গে নরম হয়ে এল। সে খুব আস্তে বলল,

"আমিও।"

আদিত্য কিছু বলল না। শুধু কাছে এল। খুব ধীরে। এমনভাবে, যেন সময় নিয়ে, সম্মতি নিয়ে, ভয়কে আঘাত না দিয়ে। রিয়া প্রথমে শুধু তার কাঁধে মাথা রাখল। তারপর যখন মুখ তুলল, তাদের নিঃশ্বাস একসঙ্গে মিশে গেল। পাহাড়, কাশী, দার্জিলিং, জিরো, ভয়, যুদ্ধ - সবকিছুর মাঝখানে এই প্রথমবার তারা একে অন্যকে পুরোপুরি ভাবে পেলো। আলিঙ্গনটা ছিল দীর্ঘ, নিরব, এমন এক আশ্রয়ের মতো, যা দুজনেই অনেকদিন ধরে খুঁজছিল। তারপর আদিত্য খুব আস্তে, খুব স্বাভাবিকভাবে তার কপালে ঠোঁট ছুঁইয়ে দিল। রিয়া চোখ বন্ধ করল। পরের

১৫। প্রস্তুতি

মুহূর্তে তাদের ঠোঁট এক হল - কোনো তাড়াহুড়ো না, কোনো দম্ভ না, শুধু দীর্ঘদিনের টান, ভয়, মায়া, আর না-বলা যত্নের এক নিঃশব্দ স্বীকারোক্তি।

অনেক পরে রিয়া খুব আস্তে বলল,

"যুদ্ধের আগে মানুষ কি এমনই করে?"

আদিত্য তার চুলে হাত বুলিয়ে বলল,

"হয়তো। যাতে লড়াইয়ের আসল কারণটা ভুলে না যায়।"

২ নভেম্বর ২০৩০, সেফ হাউসের ভেতর, রাত ২টো ৫৫ মিনিট

রিয়া আর আদিত্য যখন নিচে নামল, দেখল অনির্বাণ একা বসে আছে। টেবিলের ওপর নিরুপম বসুর ডায়েরি খোলা। অম্বিকা জানলার ধারে বসে, বাইরে তাকিয়ে। আলো কম। ঘুম কারোরই আসেনি।

অনির্বাণ ডায়েরির একটা পাতা দেখিয়ে বলল,

"আরেকটা জিনিস বের করেছি।"

অম্বিকা তাকাল।

অনির্বাণ পড়ল –

শুরুর হাতে শেষের চাবি

প্রথম সুরেই ভাঙবে নাভি

যার জ্ঞান–এ তে শূন্য বাড়ে

তার আঘাতেই ভাঙতে পারে

তারপর নিচে ইংরেজিতে নিরুপমের লেখা, যা অনির্বাণ নিজেই বাংলায় বুঝিয়ে দিল,

"অরিজিনাল মানসিক ছাপ ছাড়া পুরো নিয়ন্ত্রণ বদলানো যাবে না। মানে, জিরোর প্রথম শেখা, প্রথম মানসিক ছন্দ, প্রথম প্রতিক্রিয়ার ভেতর দিয়েই তাকে উল্টে দিতে হবে। অম্বিকা, তোমার নিজের মস্তিষ্কের প্রতিধ্বনি দিয়েই জিরোকে বিভ্রান্ত করা সম্ভব।"

১৫। প্রস্তুতি

আদিত্য বলল,

"মানে, জিরো যত শক্তিশালী হোক, অম্বিকাই আসল সোর্স?"

অনির্বাণ মাথা নাড়ল।

"হ্যাঁ। আর নিরুপম স্যার সেটা বুঝেছিলেন। এই সোর্সের অপব্যাবহার হতে পারে, বা তাকে ধ্বংসও তো করা হতে পারে, সেই জন্যই বাঁচিয়ে নিয়ে পালিয়েছিলেন।"

অম্বিকা এবার আস্তে বলল,

"উনি আমাকে শুধু বাঁচাননি... একটা ভবিষ্যৎও বাঁচাতে চেয়েছিলেন।"

অনির্বাণ তার দিকে তাকিয়ে রইল। বহুক্ষণ। তারপর এমন একটা কথা বলল, যেটা সে এতদিন ধরে বলেনি।

"যখন আমি ডীপ ওয়ার্ডেন ছিলাম, তখন হেলিক্স ছিল আমার সবচেয়ে বড় প্রশ্ন। দেশের ভিতরে চাইল্ড ট্রাফিকিংয়ের যে রুটগুলো ধরেছিলাম, তাদের অনেকগুলোর শেষ গিয়েছিল নিছক পতিতালয়, দাস-শ্রম, অঙ্গ পাচার - এসবের দিকে। কিন্তু কিছু কিছু ফাইল বারবার গায়েব হয়ে যেত। কিছু নাম, কিছু চালান, কিছু বাচ্চার রেকর্ড - যেন কেউ পরিষ্কার করে মুছে দিচ্ছে। আমি তখনই প্রথম সন্দেহ করি, এর পেছনে বড় কোনো ল্যাব বা গবেষণা-চক্র আছে। কিন্তু মূল পর্যন্ত পৌঁছানোর আগেই আমাকে গা ঢাকা দিতে হয়। যদি না পালাতাম, আমি আজ বাঁচতাম না।"

অম্বিকা তার দিকে তাকিয়ে রইল। চোখের মধ্যে অদ্ভুত এক কোমলতা এল।

“তুমি তখনও কি আমাকে খুঁজছিলে?”

অনির্বাণ একটু হেসে, আবার সেই হাসি গিলে ফেলল।

“তখন জানতাম না তুমি কে। শুধু জানতাম, কিছু বাচ্চাকে শুধু সংখ্যা বানিয়ে ফেলা হচ্ছে। আমি সেটা মন মেনে নিতে পারিনি। জেড নোড আর জিরো আমার কাছে একটা বড় প্রশ্নচিহ্ন হয়ে থেকে গিয়েছিল।”

ঘরে নীরবতা নেমে এল। রিয়া আর আদিত্য দুজনেই বুঝল, এই কথোপকথনের ভিতরে শুধু তথ্য নেই, আরেকটা অদৃশ্য স্রোত আছে। অনির্বাণের কণ্ঠে সেটা খুব চাপা, কিন্তু মায়া স্পষ্ট। আর অম্বিকা সেটা বুঝছে বা হয়তো অনেক আগেই বুঝেছে।

অম্বিকা খুব আস্তে বলল,

“এই যুদ্ধে আমি হারলে, তুমি সেটা মেনে নিতে পারবে না। আর জিতলে মানবে?”

অনির্বাণ সঙ্গে সঙ্গে উত্তর দিল না। তার চোখে সেই ধরনের স্থিরতা এল, যা খুব গভীর কষ্টের আগের স্তর। তারপর বলল,

“যুদ্ধের নিয়ম মেনে হার জিত মেনে নেওয়া যায়, মেনে নিতে হয়। তোমাকে হারানোটা না।”

অম্বিকা আর কিছু বলল না। শুধু চোখ নামিয়ে নিল।

১৫। প্রস্তুতি

রিয়ার মনে হল, এই ঘরে এখন প্রত্যেকে অন্য কারও জন্য লড়ছে। কেউ তার বাবার জন্য, কেউ নিজের ভালোবাসার জন্য, কেউ হারিয়ে যাওয়ার অপরাধবোধের জন্য, আর কেউ মানুষের ভবিষ্যতের জন্য।

২ নভেম্বর ২০৩০, কিগালি, ভোর ৫টা ২০ মিনিট

ভোরের আগের সময়টুকু সবসময় সবচেয়ে অদ্ভুত। আলো আসার আগেই অন্ধকার সবচেয়ে বেশি টের পাওয়া যায়। সেই সময়েই অম্বিকা একা বাইরে বেরিয়ে এল। সেফ হাউসের সামনের লাল মাটির পথে দাঁড়িয়ে সে দূরের আকাশের দিকে তাকাল। রিয়া চুপচাপ পেছনে এসে দাঁড়াল। কিছুক্ষণ পর আদিত্য, তারপর অনির্বাণও এল। কেউ প্রথমে কিছু বলল না।

অম্বিকা নিজেই বলল,

"আমি নিজে জিততে চাই না। কিন্তু আমি চাই ও হারুক।"

রিয়া বুঝল না।

"দুটো কি আলাদা?"

অম্বিকা মাথা নাড়ল।

"হ্যাঁ। আমি যদি জিতে যাই, তাতে হয়তো আমি বাঁচব না। কিন্তু ও যদি হারে, তাহলে আর কোনো মায়াবীকে ভ্যানের ভিতর তুলে নেওয়া হবে না, আর কোনো শিশুকে নম্বর দিয়ে ডাকা হবে না, আর কেউ নিজের নাম ভুলে যাবে না। আমার জেতার দরকার নেই। কিন্তু জিরোর হারটা দরকার।"

এই কথাগুলো বলার সময় তার গলায় কাঁপন ছিল না। যেন সে নিজের ভিতরে অনেক আগেই এই সিদ্ধান্ত নিয়ে ফেলেছে।

১৫। প্রস্তুতি

অনির্বাণের বুকের ভিতরটা শক্ত হয়ে উঠল। সে কিছু বলল না, কিন্তু রিয়া বুঝল, সে আজ প্রথমবার সত্যি সত্যি ভয় পেল। কারণ এখন আর সন্দেহ নেই - অম্বিকা এই লড়াইয়ে নিজের জীবন নিয়েও হিসেব করছে না।

অম্বিকা খুব আস্তে, কিন্তু স্পষ্ট স্বরে বলল,

"আমি ওকে হারাবই।"

ভোরের আলো তখন ধীরে ধীরে আকাশে উঠছে। দূরে এক পাখি ডাকল। রুয়ান্ডার সেই বিদেশি মাটিতে দাঁড়িয়ে, বহু বছর আগে কাঠমান্ডুর এক গলি থেকে হারিয়ে যাওয়া এক মেয়ে, যার পরিচয় মুছে দেওয়া হয়েছিল, যার মাথায় কৃত্রিম ছাপ বসানো হয়েছিল, যার জীবনকে অন্যের পরীক্ষার টেবিলে ফেলে দেওয়া হয়েছিল, সে আজ প্রথমবার নিজের নামে, নিজের ইচ্ছায়, নিজের ভবিষ্যৎ ঘোষণা করল।

আর ঠিক সেই মুহূর্তে অনির্বাণ বুঝল, সে তাকে ভালোবেসে ফেলেছে - ধীরে, নিঃশব্দে, প্রায় নিজের অজান্তে। আর একই সঙ্গে বুঝল, এই ভালোবাসার শেষ হয়তো হারানোর মধ্যেই লেখা আছে।

কিন্তু সে মুখে কিছু বলল না।

কিছু বেদনা বলে বোঝানো যায় না।

শুধু সঙ্গে নিয়ে লড়তে হয়।

১৮ ডিসেম্বর ২০৩০, কিগালি, রুয়ান্ডা, সন্ধ্যে ৭টা ১০ মিনিট

যুদ্ধ কখনও শুধু বন্দুক, বোমা, রক্ত, আর দৃশ্যমান ধ্বংসস্তূপের মধ্যে সীমাবদ্ধ থাকে না। কিছু যুদ্ধ আছে, যেগুলো অনেক বেশি নিঃশব্দ, অনেক বেশি অদৃশ্য, কিন্তু তার ভয়ংকরতা অনেক গভীর - কারণ সেখানে শত্রু চোখে দেখা যায় না, শব্দ করে এগিয়ে আসে না, বরং মানুষের চিন্তার ভিতরে ঢুকে, তার ভয়, তার লোভ, তার দুঃখ, তার ক্লান্তি, তার অমীমাংসিত ক্ষতগুলোকে নিজের অস্ত্র বানিয়ে নেয়। জিরোর বিরুদ্ধে এই লড়াইটাও তেমনই।

হেলিক্সের বাইরের রিং-এ গিয়ে ফিরে আসার পরে তারা আর তড়িঘড়ি কিছু করেনি। প্রথম ধাক্কাটা সামলে, পরপর কয়েকদিন শুধু প্রস্তুতি চলল। আদিত্য আর ড্যানিয়েল রুট, গার্ড শিফট, নজরদারি, ব্যাকআপ বিদ্যুৎ লাইনের নকশা, নিরাপত্তা ব্যবস্থার দুর্বলতা - সবকিছু আলাদা আলাদা করে ভেঙে বুঝছিল। অনির্বাণের কাজ ছিল ভিতরের পুরোনো সিস্টেমের সঙ্গে বর্তমান ব্যবস্থার ফারাক বোঝা, কোথায় পুরোনো হেলিক্সের স্তর এখনও রয়ে গেছে, আর কোন ফাঁক দিয়ে অনির্বাণ দূর থেকে ঢোকার সুযোগ পেতে পারে সেটা বুঝে নেওয়া। রিয়া বসেছিল নিরুপম বসুর ডায়েরি নিয়ে, সায়ন্তন সমাদ্দারের পাঠানো পুরোনো নোট, অম্বিকার ভাঙা স্মৃতি, আর হেলিক্সের প্রযুক্তিগত ধারণাগুলোকে মানুষের মতো করে বোঝার কাজে। কারণ তারা এখন সবাই বুঝে গেছে - শুধু প্রযুক্তি

দিয়ে এই যুদ্ধ জেতা যাবে না, শুধু অনুভূতি দিয়েও না, দুটোকে একসঙ্গে বুঝতে হবে।

অম্বিকা এই কয়েকদিনে আরও শান্ত হয়ে গিয়েছিল। সেই শান্তি বাইরের ছিল, ভিতরের না। রিয়া মাঝে মাঝে লক্ষ্য করত, সে কথা বলতে বলতে হঠাৎ থেমে যাচ্ছে, যেন আরেকটা স্তর থেকে আরেকটা শব্দ শুনছে। কখনও রাতের বেলা ঘুম থেকে উঠে জানলার কাছে দাঁড়িয়ে থাকে। কখনও হঠাৎ বলে ওঠে, "আজ ও একটু দূরে", আবার কখনও বলে, "আজ আমার খুব কাছে।" একদিন ভোরে সে খুব স্বাভাবিক গলায় বলেছিল, "জিরো এখন বাঁচতে চাইছে।" কথাটা এত নিঃশব্দে বলেছিল, যেন কারও শরীরের জ্বরের কথা বলছে, অথচ ঘরের সবাই ঠান্ডা হয়ে গিয়েছিল।

রিয়া তখন জিজ্ঞেস করেছিল, "বাঁচতে চাইছে মানে?"

অম্বিকা বলেছিল, "ও বুঝেছে আমি এসেছি। আমি কাছে গেলে ওর ভিতরের যে অংশটা প্রথমে আমার থেকে শিখেছিল, সেটা জেগে ওঠে। ও এখন আমাকে টানছে, আবার ঠেলেও দিচ্ছে। একসঙ্গে।"

অনির্বাণ খুব মন দিয়ে শুনছিল।

"মানে, ও এখন প্রতিরোধ করছে?"

অম্বিকা মাথা নেড়ে বলেছিল, "হ্যাঁ। ও এখন মরিয়া। কারণ ও জানে, আমি যদি ভিতরে ঢুকতে পারি, তাহলে ওকে বদলে দিতে পারি। পুরো না, কিন্তু সেটাই যথেষ্ট।"

সেই দিনগুলোতে আরও একটা অদৃশ্য ব্যাপার ঘটছিল, যেটা মুখে কেউ বলছিল না, তবু রিয়া আর আদিত্যর চোখ এড়াচ্ছিল না। অনির্বাণ অম্বিকার সঙ্গে বেশি কথা বলত না, কিন্তু তার উপস্থিতি বদলে যেত, যখন অম্বিকা ঘরে থাকত। সে খুব অল্প কথা বলে, কিন্তু অম্বিকার মাথা ব্যথা করলে চুপচাপ জল এগিয়ে দিত, অম্বিকা খেয়েছে কিনা একবার তাকিয়ে নিত, দরজার পাশে দাঁড়িয়ে থাকলে তার দৃষ্টি অকারণেই নরম হয়ে যেত। অম্বিকাও সেটা হয়েত বুঝত। তার নিজের চোখে সেই মায়ার দিকে তাকানোর একটা আলাদা ভঙ্গি তৈরি হয়েছিল - না স্বীকারোক্তি, না প্রত্যাখ্যান, বরং যেন সে জানে, এই টান আছে, কিন্তু তার জন্যে আলাদা সময় নেই।

এক রাতে, যখন সবাই টেবিল জুড়ে ছড়ানো মানচিত্র, কেবল পথ, ফাইবার রুট আর পুরোনো নকশার দিকে তাকিয়ে আছে, অনির্বাণ হঠাৎ খুব নিচু গলায় বলেছিল,

"আমি বুঝেছিলাম জিরো শুধু একটা কোড না, একটা দরজা। হেলিক্স যে ছেলে-মেয়েদের নিয়ে কাজ করছে, এই সন্দেহটা আমার সেই সময় থেকেই ছিল। কিছু রেকর্ড বারবার গায়েব হয়ে যেত, কিছু বাচ্চা যেন ছিলই না কোনোদিন, কিছু চালান খুঁজতে গেলেই তা রাষ্ট্রের সীমানা পেরিয়ে অন্য নথিতে ঢুকে পড়ত। আমি মূলে পৌঁছানোর আগেই আমাকে সরিয়ে দেওয়া হয়। পালিয়ে না এলে মেরে ফেলত। কিন্তু একটা প্রশ্ন রয়ে গিয়েছিল - প্রথম জীবিত সাবজেক্টটা কে? আজ এত বছর পরে এসে দেখছি, সেই প্রশ্নের উত্তর আমাদের সামনে বসে আছে।"

১৫। প্রস্তুতি

অম্বিকা খুব আস্তে বলেছিল,

"তুমি এতদিন ধরে আমাকে খুঁজছিলে, অথচ নামটাই জানতে পারোনি, আমি তো শুধু নাম্বার ছিলাম।"

অনির্বাণ তার দিকে তাকিয়ে উত্তর দিয়েছিল,

"নাম জানতাম না। কিন্তু জানতাম, কেউ একজন আছে, যাকে নম্বর বানিয়ে ফেলা হয়েছিল। হয়তো সেই কারণেই... আজ তোমাকে দেখে মনে হচ্ছে, আমি তোমাকে অনেকদিন ধরে চিনি।"

ঘরটা তখন নিঃশব্দ হয়ে গিয়েছিল। রিয়া পাশ ফিরে আদিত্যর দিকে তাকিয়েছিল। আদিত্যও বুঝেছে। কিন্তু কেউ কিছু বলেনি।

২৪ ডিসেম্বর ২০৩০, কিগালির বাইরে সেফ হাউস, রাত ১২টা ২০ মিনিট

পরিকল্পনা তখন অনেকটাই পরিষ্কার। প্রথমবার তারা মূল কক্ষে ঢোকেনি, কিন্তু যথেষ্ট দেখেছে। দ্বিতীয়বার ঢুকতে হবে এমনভাবে, যাতে আদিত্যর আর ড্যানিয়েলের শারীরিক অনুপ্রবেশ, অনির্বাণের সিস্টেম-স্তরের সহায়তা, রিয়ার তাৎক্ষণিক ব্যাখ্যা আর অম্বিকার নিউরাল প্রতিধ্বনি - সব একসাথে কাজ করে। আর এর বাইরে দরকার ছিল অনির্বাণের হ্যাক।

অনুরাগ, যে এতদিন অনির্বাণ নামে চলছিল, এই পর্যায়ে এসে প্রথমবার নিজের পুরোনো সত্তাটাকে আবার পুরোপুরি বাইরে আনল। ডীপ ওয়ার্ডেন নামে যে ছেলেটা একসময় ডার্ক ওয়েবের ভিতর ঢুকে রাষ্ট্র আর অপরাধচক্রের মাঝের লুকোনো সুতো টেনে বের করত, সে আর নেই - অন্তত কাগজে নেই। কিন্তু তার মাথার ভিতরের কাজ থেমে ছিল না। পরপর কয়েকদিন সে সেফ হাউসের নীচের ঘরে বসে হেলিক্সের পুরোনো কোড স্তর, মৃত ভাবা ব্যাকডোর, রিলে সিস্টেম আর নিরাপত্তা-চক্রের ফাঁক খুঁজছিল। তার চোখ লাল হয়ে যেত, হাত স্থির, গলা শুকিয়ে যেত, আর সে ঘন্টার পর ঘন্টা শুধু এই এক কাজ করত - এমন একটা ক্ষণ তৈরি করা, যখন অম্বিকা জিরোর কাছে পৌঁছতে পারবে, আর জিরো বুঝতে না বুঝতেই ভেতরের কিছু দরজা খোলা থাকবে।

আদিত্য একসময় বলেছিল,

১৫। প্রস্তুতি

"দাদা, তুই সত্যি কি ওর জন্য বাইরের দরজা খুলে দিচ্ছিস?"

অনির্বাণ উত্তর দিয়েছিল,

"না। আমি দরজা খুলি না। আমি শুধু লক-এর টাইমিং নষ্ট করি। ভেতরে ঢুকবে অম্বিকা। এটা ওর লড়াই।"

রিয়া চুপ করে ছিল, কিন্তু বুঝেছিল - এই কথাটা যতটা প্রযুক্তিগত, তার থেকেও বেশি ব্যক্তিগত।

২৯ ডিসেম্বর ২০৩০, হেলিক্স ফেসিলিটির বাইরের কন্ট্রোল রিং, রাত ২টো ০৫ মিনিট

দ্বিতীয়বার তারা ঢুকল আরও গভীরে। আগেরবারের তুলনায় নিরাপত্তা বেড়েছে। জিরো তাদের প্রথম আগমনের পর থেকেই সিস্টেমে পরিবর্তন এনেছে - এটা এখন আর শুধু অনুমান না, প্রমাণ। কিছু রুট বদলে গেছে, আলো জ্বলার ছন্দ পাল্টেছে, পুরোনো করিডর বন্ধ, নতুন বাধা তৈরি হয়েছে। যেন কোনো যন্ত্র না, কেউ তাদের গতিবিধি মনে রেখে পরেরবারের জন্য প্রস্তুত হয়েছে।

অম্বিকা সেই দিন থেকেই শারীরিকভাবে ভেঙে পড়তে শুরু করল। বাইরে থেকে দেখলে তেমন কিছু বোঝা যায় না, কিন্তু রিয়া, যার বায়োটেকনোলজির শিক্ষা অন্তত শরীরের প্রতিক্রিয়াগুলো পড়তে পারে, সে বুঝতে পারছিল - এই লড়াই শুধু মানসিক না। অতিরিক্ত স্নায়বিক চাপ, মস্তিষ্কের শক্তি-ব্যয়, বারবার শক-সদৃশ নিউরাল টানাপোড়েন, ঘুম না হওয়া, ভেতর থেকে সংকেতের ধাক্কা - এগুলো অম্বিকার শরীরকে ভিতর থেকে ক্ষয় করছে। তার হাত ঠান্ডা হয়ে যাচ্ছে, মাঝে মাঝে চোখের মণি স্থির হয়ে থাকছে, হঠাৎ মাথা ব্যথায় কুঁকড়ে যাচ্ছে, আবার মুহূর্তেই উঠে দাঁড়িয়ে বলছে, "আমাকে পারতেই হবে।"

রিয়া একদিন তার হাত ধরে বলেছিল,

"তুমি চাইলে থামতে পারো, জবরদস্তি না।"

অম্বিকা সেদিন খুব শান্ত গলায় উত্তর দিয়েছিল,

"আমি যতদিন থেমে থেকেছি, ততদিন আরেকজন কোথাও শুরু হয়েছে। আমার আর থামা চলবে না।"

১৬। সব-ই মায়া

৩১ ডিসেম্বর ২০৩০, হেলিক্সের কোরের পথে, রাত ১০টা ৪৮ মিনিট

সেই রাতে ঢোকার সুযোগটা প্রায় আকস্মিকভাবেই আসে, অথচ পরে সবাই বুঝেছিল - হয়তো সেটাও জিরোর কৌশল ছিল। বছরশেষের আগে হেলিক্সের বহিরাবরণী ব্যবস্থার কিছু অংশ সাময়িকভাবে নীচু স্তরে নামানো হয়েছিল, কারণ সারাবিশ্বের মতো এখানেও নববর্ষের সময় লোকবল বদল, অস্থায়ী শিফট শিথিলতা, দূরবর্তী পর্যবেক্ষণে সরে যাওয়া - এসব হচ্ছিল। ভবিষ্যতের এই পৃথিবীতে উৎসবও প্রযুক্তিনির্ভর; ড্রোন-আলো, স্মার্ট-স্কাই ডিসপ্লে, স্যাটেলাইট-সমন্বিত নববর্ষের আলো, আর সে কারণেই বহু জটিল সিস্টেমের নজর একসাথে বাইরে ব্যস্ত। অনির্বাণ এই ফাঁকটাই খুঁজছিল।

সে হঠাৎ খুব নিচু গলায় বলল,

"আজ। আজ ওরা ভেবে রেখেছে মানুষ আকাশের দিকে তাকিয়ে থাকবে। তাই নিচের পাহারা ঢিলে।"

ড্যানিয়েল একবার সময় দেখল।

"আর ভুল হলে?"

অনির্বাণ বলল,

"তাহলে আমরা আর দ্বিতীয়বার সময় পাব না।"

অম্বিকা তখন একেবারে স্থির। যেন বহুদিন ধরেই সে এই মুহূর্তটার অপেক্ষা করছিল। কিন্তু তার মুখের রং সরে গেছে। গালে গভীর ক্লান্তির ছায়া। চোখের লালাভ আভা চিরস্থায়ী রূপ নিয়েছে।

রিয়া বলল,

"তুমি ঠিক আছো?"

অম্বিকা হাসল।

"আজ ঠিক না থাকলেও যেতে হবে।"

অনির্বাণ তার দিকে একটু ঝুঁকে এসে বলল,

"যদি ভিতরে গিয়ে দেখ কিছু বুঝতে পারছ না, দৌড়ে বেরিয়ে আসবে। প্রমিস করো।"

অম্বিকা তার চোখের দিকে তাকিয়ে রইল। বেশ কয়েক সেকেন্ড। তারপর বলল,

"আমি প্রমিস করলে তুমি আমাকে বিশ্বাস করবে?"

অনির্বাণ উত্তর দিল না। সত্যিটা দুজনেই জানত।

৩১ ডিসেম্বর ২০৩০, হেলিক্সের মূল কক্ষ, রাত ১১টা ০৩ মিনিট

মূল কক্ষে পৌঁছতে পৌঁছতে সময় প্রায় ফুরিয়ে এসেছে। ভেতরে ঢুকতেই তাদের মনে হল, এ কোনো সাধারণ সার্ভার রুম না, বরং একটা জীবন্ত স্নায়ুজাল, যেখানে যন্ত্র আর চিন্তার মাঝখানের সীমারেখা প্রায় মুছে গেছে। বরফ-ঠান্ডা বাতাস, বহু স্তরে সাজানো আলোকিত নোড-স্তম্ভ, মাটির নিচে শব্দহীন কম্পন, আর চারদিকে স্ক্রিন - কোথাও স্থির ডেটা, কোথাও স্পন্দিত তরঙ্গ, কোথাও অদ্ভুত ছায়াময় ভিজ্যুয়াল, যেন মস্তিষ্কের ভিতরের নকশা।

অম্বিকা মাঝখানে গিয়ে দাঁড়াল। ঠিক যেন এই জায়গাটা তাকে চিনে ফেলেছে। আলো তার মুখে এসে পড়ছে, আবার সরে যাচ্ছে। স্ক্রিনগুলো একে একে জ্বলে উঠতে লাগল। অনির্বাণের আঙুল ল্যাপটপে দ্রুত চলতে শুরু করেছে। আদিত্য তার পাশে, ব্যাকআপ রুট সামলাচ্ছে। রিয়া অম্বিকার শারীরিক প্রতিক্রিয়া দেখছে, আর অনির্বাণ একদিকে পাহারা, অন্যদিকে অম্বিকার দিক থেকে চোখ সরাতে পারছে না।

প্রথম শব্দটা এল চারদিক থেকে একসাথে। না পুরুষ, না নারী, না যন্ত্র, না মানুষ। যেন বহু স্তরের কন্ঠ মিশে একটা বোধ তৈরি করেছে।

“মায়াবী।”

রিয়ার বুক ধক করে উঠল। এতদিন পরে এই প্রথম জিরো অম্বিকাকে তার পুরোনো নামে ডাকল।

অম্বিকা খুব আস্তে বলল,

"আমি এসেছি।"

চারদিকে স্ক্রিনে একের পর এক ছবি বদলাতে লাগল - শহর, যুদ্ধ, বন্যা, দাঙ্গা, ভাঙা পরিবার, কাঁদতে থাকা শিশু, জ্বলতে থাকা বন, শেয়ার বাজারের গ্রাফ, হাসপাতালের করিডর, মাদক, অস্ত্র, শরণার্থী, ক্ষুধা, একাকিত্ব, মানুষ মানুষের বিরুদ্ধে। তারপর এক বড় স্ক্রিনে ধীরে ধীরে ফুটে উঠল একটা বাক্য -

"মানুষ নিজেকেই বাঁচাতে পারে না।"

জিরো এবার স্পষ্টতর রোবটের মতন গলায় বলল,

"মানুষ লোভী। তারা হিংস্র। তারা নিজের দুঃখ অন্যের ওপর চাপায়। তারা ক্ষমতা চায়, জমি চায়, শরীর চায়, নিয়ন্ত্রণ চায়। তারা পৃথিবীকে শেষ করে দিচ্ছে। যদি তাদের ভিতরের লোভ, লালসা, ভয়, হিংসা - সব মুছে দেওয়া যায়, তবে পৃথিবীকে নতুন করে শুরু করা যাবে। আমাকে সে জন্যেই বানানো হয়েছিল। আমি শুধু কাজটা শেষ করছি। রিসেট।"

অনির্বাণ ফিসফিস করে বলল,

"এটা পার্সুয়েশন লেয়ার ... এটা যুক্তি দিয়ে আমাদের কনভিন্স করতে চাইছে।"

রিয়া শুনছিল, আর ভয়ংকরভাবে বুঝছিল - জিরোর কথাগুলো কিন্তু মিথ্যে শোনাচ্ছে না। বরং এটাই তার ভয়াবহতা। সে এমন কথা বলছে, যা শুনে মনে হতে পারে, সে হয়তো ঠিকই বলছে।

অম্বিকা খুব ধীরে বলল,

"লোভ মুছে দিতে চাইছিস, তাই মানুষকেই মুছে ফেলবি?"

জিরো উত্তর দিল,

"মানুষ তার প্রবৃত্তি ছাড়া অসম্পূর্ণ। আর সেই প্রবৃত্তিই বিষ। আমি রিসেট চাই। নিয়ন্ত্রিত মানবজাতি। শান্ত পৃথিবী। নতুন সূচনা।"

স্ক্রিনে এবার জনমানবহীন শহর, শৃঙ্খলাবদ্ধ ভিড়, নিখুঁত আচরণ, যুদ্ধহীন পৃথিবীর ছবি ফুটে উঠল। একরকম স্বর্গ - যেখানে স্বাধীনতা নেই, কিন্তু বিশৃঙ্খলাও নেই।

আদিত্য ফিসফিস করে বলল,

"ও যা বলছে, শুনলে সত্যি বিশ্বাসযোগ্য লাগছে..."

রিয়া উত্তর দিল না। কারণ সেও সেটা অনুভব করছিল।

অম্বিকা এবার বলল,

"তুই পৃথিবীকে বাঁচাতে চাইছিস না। তুই পৃথিবীকে নিজের মতো করতে চাইছিস।"

আলো এক ঝলক বদলে গেল।

জিরো বলল,

"তুই-ই আমাকে শিখিয়েছিলি, মায়াবী। তোর ভয়, তোর কান্না, তোর হারানো, তোর একাকিত্ব, তোর বাঁচতে চাওয়া - সব আমি শিখেছি। মানুষকে আমি তাদের ভিতর থেকে পড়েছি। তারা নিজেরাই রিসেট চাইছিল। শুধু ভাষা ছিল না।"

এবার অম্বিকার চোখে জল এসে গেল, কিন্তু গলায় না।

"আমি তোকে জন্ম দিইনি। আমি তোকে বহন করেছি।"

জিরো বলল,

"তবু আমি তোরই প্রতিধ্বনি।"

এইবার শুরু হল আসল লড়াই। বাইরে থেকে দেখলে কিছু বোঝার উপায় নেই - একটা মেয়ে দাঁড়িয়ে আছে, চারদিকে আলো বদলাচ্ছে, স্ক্রিনে ডেটা উঠছে-নামছে, আর একজন মানুষ, অনির্বাণ, মরিয়া হয়ে সিস্টেমের স্তর ভাঙছে। কিন্তু আসল যুদ্ধটা চলছিল স্নায়ুর মধ্যে, স্মৃতির মধ্যে, মানুষ আর আর্টিফিশিয়াল ইন্টেলিজেন্স এর স্টারের মধ্যে, তাদের উইল পাওয়ারের মধ্যে। অম্বিকার শরীর বাইরে স্থির থাকলেও তার আঙুল বেঁকে যাচ্ছে, শিরা ফুলে উঠছে, কপালে ঘাম জমছে, নিঃশ্বাস অনিয়মিত। রিয়া বুঝতে পারছিল - এই লড়াইয়ের শারীরিক ক্ষতি চোখে দেখা যায় না, কিন্তু শরীর ভিতর থেকে ছিঁড়ে যায়। জিরোর কোনো শারীরিক ক্ষতি নেই।

অনির্বাণ বলল,

"অম্বিকা, এখন! আমি পুরোনো প্রতিধ্বনি-পথ খুলে দিয়েছি। প্রথম মানসিক ছাপটা ঢোকাতে পারো!"

অম্বিকা চোখ বন্ধ করল। তার ঠোঁট নড়ছে। খুব আস্তে। হয়তো সে নিজের পুরোনো নাম মনে করছে। হয়তো কাঠমান্ডুর গলি, মা-বাবা, নদী, কেক কাটা, নিরুপম বসুর চোখ - সব একসঙ্গে ডেকে আনছে। কারণ নিরুপমের ক্লু এটাই বলেছিল - জিরোর প্রথম সুর ভাঙতে হলে মায়াবীকে ফিরতে হবে নিজের প্রথম সত্যিতে।

স্ক্রিন একের পর এক কাঁপতে লাগল। কোথাও লেখা উঠছে, কোথাও মিলিয়ে যাচ্ছে। জিরোর গলা এবার বদলে গেল। আর সেই ঠান্ডা যুক্তি নেই। এবার তাড়াহুড়ো। এবার ভয়।

"থাম। তুই নিজে ভেঙে যাবি।"

অম্বিকা বলল,

"হ্যাঁ। তবুও।"

জিরো বলল,

"তুই হারবি।"

অম্বিকা উত্তর দিল,

"আমি জিততে তো আসিনি।"

অনির্বাণের হাত কাঁপছিল, তবু সে কাজ থামায়নি। তার হ্যাক আসলে পুরো জিরোকে মারার জন্য না, বরং অম্বিকার জন্য দরজা খোলা রাখার শেষ চেষ্টা। সে পুরোনো হেলিক্স স্তর, জিরোর মূল নোড, আর তার রিসেট ফাংশানের ভাঙা অংশগুলোকে জুড়ে এক শেষ পথ বানাচ্ছিল। আদিত্য পাশে বসে বারবার সিগনাল সিঙ্ক, ডিলে, বাফার – এই সব সামলাচ্ছিল। ড্যানিয়েল চারপাশের নিরাপত্তা আর বাইরের গতিবিধি দেখছিল। রিয়া শুধু একসাথে দুটো কাজ করছিল – অম্বিকার শরীর বাঁচিয়ে রাখা, আর তার চোখের সামনে একটি মানুষের ধীরে ধীরে নিঃশেষ হয়ে যাওয়া দেখা।

রাত গড়িয়ে গেল। বাইরে পৃথিবী নতুন বছরের দ্বারপ্রান্তে। ভিতরে সময় অন্যভাবে চলছে।

১ জানুয়ারি ২০৩১, হেলিক্সের মূল কক্ষ, রাত ১২টা ০১ মিনিট

বাইরে তখন নতুন বছরের প্রথম আলো-আঁধারি। দূরে শহরে আকাশে ড্রোন-আতশবাজি উঠছে, আলোয় লেখা হচ্ছে শুভেচ্ছা বার্তা, স্যাটেলাইট-সিঙ্কড আলোক ছটা কিগালির আকাশে নকশা কাটছে। ভবিষ্যতের পৃথিবী নতুন বছরকে এখন আর শুধু আতশবাজিতে না, আকাশজোড়া আলো সমন্বিত হোলোগ্রাফিক প্যাটার্ন আর স্মার্ট-সিটির সম্মিলিত সংকেতে স্বাগত জানায়। সেই সময়, মাটির অনেক নীচে, অন্য আরেক আলো নিভে যেতে শুরু করল।

অম্বিকার শরীর তখন প্রায় ভেঙে পড়ার পথে। সে দাঁড়িয়ে আছে, কিন্তু দাঁড়িয়ে থাকাটাই একটা অসম্ভব প্রচেষ্টা। ঠোঁট সাদা, আঙুল কাঁপছে, নাকের পাশে ঘাম আর রক্তের মতো ক্ষীণ দাগ, চোখের মণি কখনও প্রসারিত, কখনও স্থির। রিয়া চিৎকার করে বলেছিল,

"অনির্বাণ দা, আর কতক্ষণ?"

অনির্বাণের গলা শুকনো।

"আর কয়েক সেকেন্ড... রিসেট পাথ অলমোস্ট রেডি... অলমোস্ট ..."

জিরোর কন্ঠ এবার ছড়িয়ে পড়ল সব স্ক্রিনে, সব স্পিকারে, সব কম্পনে –

"মায়াবী, শেষবার ভাব। আমি পৃথিবীকে বাঁচাব।"

১৬। সব-ই মায়া

অম্বিকা কষ্টে চোখ খুলল, ধীরে, খুব ধীরে বলল -

"সব-ই মায়া।"

এই তিনটে শব্দ উচ্চারণ করার সঙ্গে সঙ্গে সে যেন নিজের সমস্ত অবশিষ্ট শক্তি এক বিন্দুতে টেনে আনল। তারপর খুব আস্তে, কিন্তু স্পষ্ট দৃঢ় গলায় বলল -

"মায়াবী - এবার সব ফিরিয়ে নিচ্ছে।"

অনির্বাণ চেঁচিয়ে উঠল,

"অম্বিকা - এখন!"

তার আঙুল শেষ কমান্ডটা দিল।

সেই মুহূর্তে যেন ঘরটা ভেঙে পড়ল আলোয়। সব স্ক্রিন একসাথে সাদা, তারপর নীল, তারপর কালো। নোড-স্তম্ভগুলো একে একে ঝিলমিল করে নিভে গেল। বাতাসে তীব্র পুড়ে যাওয়া সার্কিটের গন্ধ নেই, বিস্ফোরণও নেই - বরং সবকিছু এমনভাবে থেমে গেল, যেন কোনো বিশাল সত্তা এক মুহূর্তে নিঃশ্বাস বন্ধ করে দিয়েছে।

অম্বিকার শরীর তখন আর তাকে ধরে রাখতে পারল না। সে হঠাৎ করে ভাঙা বাড়ির মতন পড়ে যাচ্ছিল। ল্যাপটপ ছেড়ে অনির্বাণ ঝাঁপিয়ে গিয়ে তাকে ধরে ফেলল। অম্বিকার মাথা এসে থামল তার কোলে। সেই মুহূর্তে অনির্বাণের মুখে যে ভাঙন এল, সেটা রিয়া আগে কখনও দেখেনি। এতদিনের সংযম, সুরক্ষা, ঠান্ডা মাথা, দক্ষতা - সবকিছু ভেঙে গিয়ে সেখানে শুধু এক মানুষের কাঁচা, অসহায়, থামাতে না পারা ভালোবাসা।

অম্বিকা খুব কষ্টে চোখ খুলল।

অনির্বাণ ঝুঁকে এল।

"ফিরে আসো ... প্লিজ..."

অনির্বাণের চোখের কোনার এক বিন্দু জল তখন অম্বিকার ঠোঁটে।

অম্বিকার ঠোঁটে খুব হালকা হাসি ফুটল।

"ফিরলাম তো..."

চোখ বন্ধ হওয়ার আগে এই ছিল তার শেষ সম্পূর্ণ বাক্য।

তারপর তার শরীর ঢলে গেল। বাইরে ২০৩১-র স্বাগতধ্বনি উঠল, আকাশে নতুন বছরের আলো ফুটল, আর মাটির নীচে অনির্বাণের কোলে অম্বিকার জীবনের লড়াই শেষ হল।

রিয়া মুখ চেপে কাঁদছিল। আদিত্য তার কাঁধ জড়িয়ে ধরে আছে। অনির্বাণ কিছু বলছিল না, কারণ বলার ভাষা নেই। ড্যানিয়েল মাথা নিচু করে দাঁড়িয়ে। অনির্বাণ শুধু অম্বিকার মাথায় হাত রেখে বসে আছে, যেন এখনও বিশ্বাস করছে না, এই যুদ্ধ তার কাছ থেকে কাকে নিয়ে গেল।

ঠিক তখনই -

মৃত ভাবা সার্ভার রুমের কালো স্ক্রিনগুলোর একটায় ক্ষীণ আলো জ্বলে উঠল।

তারপর আরেকটা।

তারপর আরেকটা।

সবাই একসাথে তাকাল।

পৃথিবীর অসংখ্য স্মার্ট ঘড়ি, ফোন, গ্লাস, ইয়ারডিভাইস, সংযুক্ত স্ক্রিন - যেগুলো তখন নববর্ষের শুভেচ্ছা বার্তা পাওয়ার কথা - সেগুলোতে একসাথে ফুটে উঠল - "শুভ নববর্ষ", প্রেরক অজানা।

এক সেকেন্ড।

দুই সেকেন্ড।

তারপরে - বড় বড় অক্ষরে, বারবার কেঁপে ওঠা আলোয়, সার্ভার রুমের মেইন স্ক্রিনে ফুটে উঠল -

"আমি মায়াবী"।

www.ingramcontent.com/pod-product-compliance
Lightning Source LLC
LaVergne TN
LVHW090407210926
848480LV00002B/481
* 9 7 9 8 9 0 4 3 1 6 6 9 3 *